これが発信源か?
オオオ
クレイドの太陽
じゃないか
オオン
さあ
行きましょう
急ぎましょう
一刻も早く
あそこまで行かなくっちゃ

クラッシュ・ブレイズ

嘆きのサイレン

茅田砂胡

Sunako Kayata

C★NOVELS Fantasia

口絵
挿画　鈴木理華
DTP　ハンズ・ミケ

1

クーア財閥本社社屋は財閥の本部であると同時に一種の観光名所でもある。

惑星アドミラルの中心である中央政府都市の中に芝生《しばふ》を敷き詰めた広大な敷地を有しており、周囲に点在する高層建築物群とは一線を画した白い建物がつつましく建っている。

もちろん、本当につつましいわけではない。敷地があまりにも広大で、隣の建物とはかなりの距離が開いているからこぢんまりして見えるだけで、実際には相当の容積がある建物だ。

高層建築ではないので、敷地を囲む塀《へい》の外からは全景は望めない。上のほうしか見ることはできない。

ジャスミンは感慨《かんがい》深げにその光景を眺《なが》めていた。

昔の建物とはすっかり様子が変わっている。

敷地も段違いに広くなっている。

昔はこの本社社屋のすぐ傍《そば》に見上げるような高層建築物が建っていたものだ。それを買収して敷地の拡張を図ったのだろう。

正門も桁《けた》違いに立派になっていた。それはもはや門というのもはばかられるような代物だった。

長さ二十メートルにも及ぶ屋根付きの長い通路、というよりほとんどトンネルである。

何とも仰々《ぎょうぎょう》しい入口だが、敷地内への出入りが制限されているわけではない。

基本的に誰でも気軽に入ることができる。

ただし、このトンネルは中を通る人間を徹底的に検査する場所でもあった。武器や爆発物を所持していないかどうか、最新の検査機器を使って、本人の知らないうちに調べてしまうのである。

そうして少しでも反応のあった人間はトンネルの出口で警備員に止められる仕組みになっている。

丸腰のジャスミンは難なく門を通り抜けていた。

苦笑混じりの吐息を洩《も》らしながら目の前に広がる光景を見る。

見渡す限りの広い敷地に低い植物が植えられて、正面には白く輝く建物が建っている。

高さを誇るのではなく、横に複雑に広がる建物で、趣味はそれほど悪くないとジャスミンは判断した。

まだ朝の早い時間だったが、ちらほらと観光客の姿も見える。建物を背景に、社章が入る位置で記念撮影をしている。

玄関の手前に彫像が建っていた。

杖を持った小柄《こがら》な老人の姿をした像、他でもないクーア財閥創始者マックス・クーアの彫像だった。

ジャスミンはその像を懐かしく見つめた。

これだけは昔のままだった。

社屋を新しくしても、これは変えずに持ってきてあらためて設置したらしい。

ただし、その彫像の隣にジャスミンの記憶にない巨大な記念碑が建っていた。

恐らくは著名な彫刻家の作なのだろう。前衛的な意匠《デザイン》の合金製で『ケリー・クーアの偉大なる功績をここに称える』と、でかでかと碑文が刻まれている。

生きている間にこんなものを喜んで立てる男ではないことをジャスミンは知っている。あの男の死後建てられたものだろうが、苦笑を誘われる。

これでは、この世に舞い戻ったあの男は、決してこの地に足を向けることはないだろうと思ったのだ。

こんなものを眼にしなければならないくらいなら、あの男は大喜びで尻尾を巻いて逃げ出すはずである。

入口を入ると受付があった。若い女性職員が二人座っている。

共和宇宙を代表する巨大企業の受付嬢だ。どんな来客にも冷静に対応する訓練を積んでいるはずだが、二人ともジャスミンを見て息を呑《の》んだ。

不審人物に見えたからというわけではない。

ジャスミンは妙齢の女性ながら百九十一センチの

堂々たる体格を誇り、体つきは見事な曲線を描き、燃えるような真っ赤な髪を腰まで流している。

全然化粧気はないが、目鼻立ちもくっきりとして、そこにいるだけで人目を惹《ひ》きつけずにはおかない、何とも強烈かつ異様な迫力を漂《ただよ》わせた人なのだ。

眼を丸くしている二人に、ジャスミンはにっこり笑って話しかけていた。

「会長室は何階かな？」

呆気《あっけ》にとられていた二人は職業意識を取り戻して、それはお答え致しかねますと控えめに断ってきた。

「見学もできないのか？」

「はい。申し訳ありません」

「残念だ。ここまで来た記念に覗《のぞ》かせてもらおうと思ったんだがな。そこへ行くためには、どこか別に入口があるのかな？」

二人は愛想よく笑って頷《うなず》いた。

実を言うと、こういう客は珍しくなかったから、親切な受付嬢は、重役専門の特別な入口から入って重役専門の昇降機を使って初めて会長室のある階へ行けるのだと説明した。

「こちら側にも一機だけ直通のリフトがありますが、認証がなければ動きません」

「それを使える資格を持つ人は何人いるんだ？」

「常時で十二人です。臨時会議の際にはもっと多いこともありますけど」

クーア財閥の規模を考えれば、役員が十二人とは驚異的に少ない。無論その十二人だけで財閥を運営できるわけがないから、役員の中でもさらに上位の、中枢に関わるごく一部の人間たちなのだろう。

「十二人のための昇降機か。ちょっと無駄なんじゃないかと思うくらいの贅沢《ぜいたく》品だな。せっかくだから見学していくことにしよう。どこにあるんだ？」

受付嬢は一階の見取り図を渡してくれた。

ジャスミンは礼を言って、そこへ向かった。

行ってみると、そこはフロアの中でもひっそりと静まりかえった場所だった。

社員でここに近づく人は滅多にいないのだ。

問題の昇降機は壁に嵌《は》め込まれた薔薇《ばら》色大理石の門に囲まれ、両開きの扉は金色に光っていた。

これだけで特別室のような雰囲気である。

ジャスミンが行った時、そこには先客が二人いた。中年の夫婦のようだった。

個体情報が合致しなければこの昇降機は動かない。扉も開かない。

わかっていてもものは試しにうろうろと動き回り、扉に触れたりしながら『やっぱり開かないねえ』と、がっかりしながら感心している。

ジャスミンはしばらくその様子を眺めていたが、二人が昇降機の前からなかなかどこうとしないので、苦笑して進み出た。

「失礼」

ジャスミンが門をくぐって昇降機の前に立つと、金色の扉が音もなく開いた。どこに検知器があって、いつ認証を行ったのかと思うほどの速さだった。


ジャスミンは堂々とその特別な昇降機に乗り込み、呆気にとられる夫婦の前で扉は閉ざされたのである。

昇降機は直通で目的の階についた。

どうやら最上階らしい。扉が開くと目の前に別の受付があった。二十代後半に見える女が座っている。髪を束ね、控えめなスーツに身を包んだ女だった。

その女は開くはずのない扉が開いたことに驚き、さらに中から現れたジャスミンの姿に眼を丸くして、腰を浮かせながら茫然《ぼうぜん》と尋ねてきた。

「あの……どちらさまでしょう？」

「そう言うおまえは？」

「ミスタ・ガレリアスの秘書のキティ・サマーズと申します」

イアン・ガレリアスは役員の一人だということをジャスミンは既に知っていた。

興味を持った顔でキティに問いかけた。

「ここはいつもおまえが番をしているのか？」

「いいえ。今日はこれから定例会議が開かれます。会議のある日には役員の秘書が交代で受付を務めることになっているんです」

「十二人の役員全員が集まるのか？」

「はい。あの、失礼ですが……」

「怪《あや》しい者じゃない。わたしは彼らより先に会議の内容を整理するために来た者だ」

「ですが……」

キティは明らかに不審そうだった。そんな予定は聞いていないと言いたいのだろうが、ジャスミンはそれを制して会議室の隣にある会長室の扉を示した。

「ここは資格を持たない者は入れないんだろう」

頷いたキティだった。

五年前に三代目の総帥が死んでからというもの、そこには誰も自由には入れない。

役員でさえ単独で入ることはできない。

三人以上の役員が同時に個体認証を行って初めて扉が開かれる仕組みになっている。


「では、わたしがこの扉を開けることができたら、わたしの身元は証明される。そうだな？」

理屈で言えばその通りだが、そんな馬鹿なことがあるわけがない。

しかし、ジャスミンが扉に向かって手を伸ばすと、難攻不落のはずの扉があっけなく開いたのである。

「これで問題はないな？」

その姿も仕種もあまりにも堂々としていて、異を唱えることもできなかった。何よりあまりの驚きに声を奪われていたが、キティはかろうじて言った。

「あ、あの！　せめてお名前をお聞かせください」

「ジャスミン・クーア」

キティは訝《いぶか》しむ顔になった。この人は本気かしら、それとも少し頭がおかしいのかしらと疑う顔だった。

ジャスミンはキティをなだめるように笑いながら首を振ってみせたのである。

「嘘《うそ》じゃないぞ。それがわたしの名前なんだ。別に珍しい名前でもない。『ジャスミン』も『クーア』

もどこにでもある名前だろう」

それはそうだが、そういう問題ではないのだ。

よりにもよってクーア財閥会長室にジャスミン・クーアを名乗る人が——二代目総帥の名を持つ人が入っていくなんて、できすぎなのである。

しかし、キティが何か言うより先にジャスミンと名乗った女性は室内に消え、キティの眼の前で扉が閉ざされた。

こうなるとキティは開けられない。受付とはいえ、そんな権限は与えられていないのだ。

焦燥《しょうそう》を感じながらもキティは椅子に座り直した。

これは自分の一存でどうにかなるものではない。

誰か事態を打開できる人が早く来てくれることを祈るのみだった。

ジャスミンは会長室の中を眺めて微笑した。

かなり広い続き部屋になっていて、執務室の他に寝室、浴室、ホーム・バーまで備え付けられている。

内装や機材などはすっかり新しくなっているが、この間取りには見覚えがあった。

以前の本社社屋にあった会長室そのままだ。

五年前まで、ここはあの男の仕事場だった。

そして今はあんたのものだと言い張って止まない。

ジャスミンは立派な革張りの椅子に座り、端末を操作した。この部屋からの接触はクーア財閥のどの部署にもどんな機密にも最優先でつながれる。

社内秘の資料がたちまち端末画面に表示される。

ジャスミンは膨大《ぼうだい》な資料を記録媒体に落としつつ、端末にも表示させて、ざっと眼を通していった。

そうした作業を始めて一時間が過ぎた頃、血相を変えた男たちが飛び込んできたのである。

男たちは全部で三人、みんないかにも巨大企業の重役らしい立派な身なりだったが、我が物顔で机に向かうジャスミンを見て、揃って悲鳴を発した。

「だ、誰だ、きみは！」

「何をしている！」

「どうやって入った⁉」

三者三様の問いにジャスミンは顔を上げて笑った。

「ここはわたしの部屋だぞ。自分の部屋に入るのにどうやってと言われるのは心外だし、自分の部屋で調べものをしていて咎《とが》められる覚えもないな」

三人は絶句して立ちつくし、ジャスミンは彼らの名前を一人ずつ呼んだのである。

「グレアム・ティーゲ、アンソニー・グリフィス、イアン・ガレリアス。ずいぶん遅かったな。受付は一時間も前から待機しているのに」

ティーゲは六十過ぎの小柄な男で、グリフィスは五十代半ばに見えた。ガレリアスも同年配だ。

その三人は恐ろしくいやな予感に駆られて互いの顔を見合わせたのである。

総帥の椅子にふんぞり返り、総帥にしか使えない端末を操作しているこの若い女に見覚えはない。

まったく見覚えはないのだ。

間違いなく初めて見る顔だ。


しかし、彼女は現にここにいる。

その事実が何を示すかは明らかだった。それでもまだ信じられなかったのか、信じたくなかったのか、意を決した様子でガレリアスが進み出て、もう一度尋ねた。

「きみは誰だ？」

「わからないのか。ジャスミン・クーアだ」

「その証拠は？」

「ここに入れるのが何よりの証明だろう」

「いいや、それはおかしい。この新社屋はあなたが眠ってから建てられたものだ」

「確かに。わたしもここに入ったのは初めてだ」

ジャスミンは低く笑った。

「それでもここはわたしの部屋だ。少なくともあの男は——わたしの夫はそう考えていた。ご丁寧《ていねい》にも財閥のありとあらゆる検知器にわたしの個体情報を設定してくれたそうだ。それも最優先順位で」

グリフィスが勢い込んで言った。

「そう、それだ。あなたが本当にミズ・クーアなら、彼に会わせてもらいたい」

「おかしな要求だな。わたしがわたしであることと、あの男に会わせることとがどうして一緒になるんだ。そもそも、おまえたちは本当にあの男に帰ってきて欲しいと思ってるのか？」

「もちろんです」

「当然でしょう」

「とにかく彼を確認するのが先決です。彼の口からあなたが確かにミズ・クーアだと証明されるまでは、この部屋の使用を認めるわけにはいかない」

彼らは口々に訴えたが、ジャスミンはその訴えを笑って退《しりぞ》けた。

「馬鹿だな。おまえたち。それなのにあんな記念碑を建てたのか？」

ジャスミンは未だに立ち上がろうともしなかった。

椅子に悠然《ゆうぜん》と腰掛けたまま呆《あき》れたように言った。

「どう考えてもあれはまずいぞ。最悪だ。だいたい、蝶《ちょう》を呼び寄せるのに蜜《みつ》の代わりに殺虫剤をばらまく馬鹿がどこにいる」

こんな文句を大真面目に言われた三人のほうこそ災難と言うべきだった。

三人以上の役員が揃《そろ》って会長室の扉を開けた場合、中から特別に操作しない限り扉は閉まらない。

従って今も扉は開いたままだった。それを不審に思ったのだろう、新たな役員が不思議そうに室内を覗いて歓声を上げた。

「ジャスミン！」

「やあ、アレク」

アレクサンダー・ジェファーソンは固まっている三人の同僚を頭から無視してジャスミンに歩み寄り、椅子に座ったままのジャスミンと嬉しそうに抱擁《ほうよう》を交わしたのである。六十七歳、重役の最長老の彼が少年のように顔を輝かせていた。

「来るならそう言ってくれればいいのに。これから会議なんだが、きみも参加するかい？」

三人の役員は何てことを言うのだと一斉に非難の表情になったが、アレクサンダーはそんなものには気がつかない。

そしてジャスミンも気づかないふりをした。

室内を見渡して楽しそうに言った。

「ここは前の会長室そっくりだな。あの男の指示でつくったのか？」

「そうだよ。使い慣れている部屋がいいと言ってね。この部屋の再現にこだわったんだ。今にして思えば、初めからきみに譲り渡すつもりだったんだろうね。彼も一緒かい？」

「いいや。死人の出る幕じゃないとさ」

ジャスミンは笑って三人の役員を顎《あご》で示した。

「今もこちらの三人に文句を言ったところなんだが、あの恥ずかしい記念碑はいったい何なんだ？」

アレクサンダーの顔がちょっと曇った。

「あれかい？」

「あれだ」

「しかしね、あれを建てた時はまさかこんなことになるとは予想もしていなかったんだよ。彼が戻ってくるかもしれないとわかった時から、まずいかなと思ってはいたんだが、やっぱりだめかい？」

「だめだな」

「と言われても、一度設置した記念碑を理由もなく撤去はできないよ。そんなことをしたら大問題だ」

「意匠《デザイン》を考えてくれた人への義理もあるんだろう」

「そうなんだ。有名な芸術家の作品なんだよ」

「だったら、この建物であの男と会うのは無理だと諦《あきら》めることだ。——邪魔したな」

ジャスミンが席を立ったので、アレクサンダーは急いで言った。

「もう帰るのかい。会議にも参加せずに？」

「ああ、今の経営者はおまえたちだからな。運営に口を挟むつもりはないんだ」

「ではせめて他の役員にも顔を見せていかないか。もうじきみんな来るはずだ」

「いや、やめておこう。わたし一人でおまえ以外の十一人の相手をするのは分が悪すぎる」

「ほんとかい？」

アレクサンダーの声は笑っている。

ジャスミンも大げさに肩をすくめて笑い返した。

「本当だとも。わたしはこれでもか弱い人妻だぞ。ただ内部監査は必要だと思うんでな。過去五年分の全部署の人事と決算書を複写させてもらった」

手にした大容量記録媒体を見せると、ガレリアス以下の三人が飛び上がった。

「ま、まさか！」

「そんなものをどうやって――！」

資格がなければそんな資料を引き出すどころか、近づくこともできないはずだと言いかけて、彼らはぴたりと口をつぐんだ。

立ち上がったジャスミンはその場にいる誰よりも背が高い。三人の役員を相手に悠然と言った。

「言ったはずだ。クーア財閥の建物の中でわたしに入れない場所はないし、見られない情報もない」

ジャスミンは硬直している役員たちの中でも特にガレリアスを見下ろすようにして言葉を続けた。

「さっきちょっと気になる資料を見つけたんだがな、ガレリアス。縁故採用も派閥づくりもほどほどにしないと周囲の反感を買うぞ。それに比べておまえは品質管理にほとんど金を掛けていないな」

他の三人の役員がいっせいにガレリアスを見た。

初めて聞く話だったからだ。

「金を掛けすぎて余剰人員をつくるのは問題だが、まったく金を掛けないのはもっと問題だ。わたしが次に来る時までに改善しておけ」

ガレリアスはもちろん素直に頷きはしなかった。

顔面を真っ赤に紅潮させて叫んだ。

「あなたにそんなことを言う権限はない！」

ジャスミンはびくともしなかった。

大の男がぞっと震え上がるような笑いを浮かべた。

「本当にそう思っているのか？」

「あ、あなたが二代目総帥だったのは四十年も前のことなんだ！　とっくに資格を失っている！」

「それは違うな。わたしは眠っていただけなんだぞ。こうして眼を覚ました以上、以前の役職はともかく眠る前に持っていた財産はそのままわたしのものだ。あの男も自分の権限をすべてわたしに譲ると正式な遺言で残している。つまり現在のクーア財閥総帥はこのわたしだ」

ガレリアスは赤くなったり青くなったりと何とも忙しい。だが、ジャスミンの言うことが紛《まぎ》れもない事実だということはガレリアスにもわかっていた。

五年前までケリーが有していた株式は現在すべてジャスミンに帰属する。持ち株数で言えば一番だ。

「四十年の空白《ブランク》は大きいからな。今も言ったように運営に口を出すつもりはない。それはおまえたちに任せるが、内部監査はわたしがする。クーア財閥は父のつくった会社、父の愛した企業だからな」

それで話を切り上げて会長室を出て行こうとしたジャスミンはアレクサンダーに尋ねた。

「ガウラン高地の屋敷は今どうなっている？」

「バーンズが一人で番をしている。バーンズは長年ケリーの秘書だった人物だが、じゃあ、これからはあの屋敷に住むつもりかい？」

「ずっと暮らすわけじゃないが、そうだな。時々は寄らせてもらってもかまわないかな」

「もちろんだよ。きみの家じゃないか」

最後にジャスミンは何とも言えない顔をしている三人を見やって、にやりと笑った。

「言っておくが、わたしをここから閉め出すために順位を解除しようとは考えるなよ。迂闊《うかつ》にいじると社員全員の認証が吹っ飛ぶそうだ。もちろんおまえたち自身の個体情報もだ。わたしを排除したが最後、おまえたちは誰もこの建物に入れなくなる。当然、役員権も失う羽目になるぞ」

三人はますます棒立ちになって立ちつくしたが、アレクサンダーだけは顔色も変えなかった。

何と言っても彼は四十年前のジャスミンを覚えているのである。彼女ならこのくらい言って当然だと、むしろ納得していた。

「ジャスミン。せめて食事でも一緒にどうだい？　会議なら適当に片づけるから」

「おまえも今は重役だろうが。ちゃんと仕事をしろ。悪いが、この後閣下に呼ばれてるんだ」

「マヌエル一世かい？」

「ああ、わたしにとっては貴重な昔なじみだからな。あちらはあちらで昔話をする相手が欲しいらしい」

部屋を出たジャスミンが向かったのはこの階まで昇って来た昇降機ではない。

反対方向にある重役専用の昇降機だった。

入れないところはないというジャスミンの言葉を証明するように、その特別な昇降機はジャスミンをすんなりと迎え入れて扉を閉ざしたのである。

三人の役員はまさに度肝を抜かれてそれを見送り、彼らの心境を代表してティーゲが茫然と呟《つぶや》いた。

「とんでもないお嬢さまだな……」

アレクサンダーがしたり顔で訂正した。

「それを言うなら女王さまだよ」

高原の風は何も変わっていなかった。

ジャスミンは感慨深げに辺りを見渡し、森の奥を目指して歩いていた。

懐かしく思うほど長く離れていたわけではない。

少なくともジャスミンにとって、この森を最後に歩いたのはついこの間のことなのだ。

しかし、実際には四十年という時間が過ぎている。

風景が変わってしまうには充分な時間だったが、ガウラン高地の森も花畑も驚くほど変わっていない。

何もかも記憶にあるとおりだった。

東の森の奥深くを迷わず歩いていたジャスミンは、やがて二つ並んだ石の前に立った。

それは墓標だった。

誰も入ってこないような森なのに、二つの墓標は

意外にもそれほど汚れてはいなかった。

木の葉がちらほらと被っているだけだ。

ジャスミンはその木の葉をきれいに払い、持っていた二つの花輪をそれぞれの墓石の前に手向《たむ》けた。

ここへ来る途中、野に咲く赤い花と白い花を編みつないでジャスミン自身がつくった花の冠《かんむり》だった。

こんなものをつくるのは二十年ぶりだった。

いいや、もっと昔になるかもしれない。ちゃんとできるかどうかも怪しかったが、子どもの頃に身につけた作業というのは侮《あなど》れない。

半信半疑で花を摘んでみたら、あとは手が勝手に動いてくれた。

墓標に刻まれている名前はアーノルド・ベッカー。

もう一つはアビゲイル・イザドー。

二人とも十三年前——九七八年に亡くなっている。

墓石を見下ろしてジャスミンはちょっと笑った。

「恨み言は言わないとあの男と約束したんだがな」

答える声はない。当たり前だ。

ただ森の梢《こずえ》がそよ風に応えて揺れているだけだ。

それぞれの墓石が同時に見える位置まで下がって、ジャスミンはほんのちょっぴり責めるような口調で続けたのである。

「やっぱりこれだけは言わせてもらうことにしよう。今年百一歳の閣下でさえ、あれほどお元気なんだぞ。おまえたちももっと粘《ねば》ってくれればよかったんだ」

二人が生きていたら相変わらず無茶なことを言うお嬢さんだと苦笑しただろう。

「そうしたら今の元気なわたしを見せられたのにな。ダニエルにも孫にも会ったぞ。ダニエルの嫁さんに会えなかったのは残念だったが、ジンジャーが全然変わっていないんでびっくりした。あの男ときたらもっと非常識で一度死んで生き返ってきたそうだ」

いいや彼ならそのくらいやりかねないと、これも二人が聞いたら声を揃えそうだった。

「わたしがそっちへ行くのはどうやらもう少し先のことになりそうだが、必ず同じところへ行くから。

待っていてくれ」

真面目に言って、ジャスミンは墓標に背を向けた。

しばらく森を歩いていくと、遠くに屋敷の屋根が見えてきた。

記憶にあるものと少しも変わらない屋根だった。

さらに歩き続けていくと、その屋敷の庭に出た。

森から続いているような自然の造形を活かした庭だったが、まるっきりの手つかずではない。

足下には芝が植えられ、つくられたという印象を与えない程度にそこかしこに花が植えられている。

となると手入れが必要になる。

今まさに麦わら帽子に長靴という古典的な服装の男が庭の手入れをしているところだった。

若い男ではない。五十年配に見えた。

男は不意に近づいた人の気配に驚いて顔を上げ、ジャスミンはそんな相手ににっこりと笑いかけた。

「バーンズか？」

「さようでございますが、どちらさまで？」


「昔ここに住んでいた者だ」

その言葉の意味をどう理解したのか、バーンズは無言でジャスミンを見つめ返した。

驚いている顔ではない。疑いの眼差しでもない。

不思議と静かな眼で、ただジャスミンの顔や姿を見つめていたバーンズはやがて麦わら帽子を外して丁寧に頭を下げた。

「失礼致しました。では、再びこちらにお住まいになるおつもりでいらっしゃいますか？」

「そのつもりだ。おまえが許してくれるのならな」

「滅相もないことでございます。わたしはこの家をお預かりしているだけの身ですので。——どうぞ、おあがりください」

バーンズは先に立って家の中へ入り、後に続いたジャスミンは珍しそうに辺りを見渡した。

内装はさすがに見覚えているものとは違っていて、同じ家なのにまったく違う場所のように見える。

バーンズは無言で階段を上がり、一つの扉の前で立ち止まった。

そこは他でもないジャスミン自身の寝室だった。

四十年前、ジャスミンが最後を迎えた部屋だ。

これで自分の人生も終わりかと少しばかり寂しく思いながら眠りについたのだ。

少なくともジャスミンはそのつもりだったのに、イザドーとベッカーのおかげでこうしてここにいる。

寝室の扉は昔のままだった。ただ、鍵が違った。

ここにはもっと古典的な鍵がついていたはずだが、今は最新型の個体情報照合装置が設置されている。

「あなたさまが本当に以前この家にいらした方なら、どうぞ中へお入りください」

言われるまでもなかった。ジャスミンは無造作に手を伸ばし、それだけで鍵はたちまち解除された。

部屋の中へ入ってみる。

ここだけは少しも変わっていなかった。

壁紙も照明も、特注の大きな寝台も、その寝台の側に置かれた机すら最後に見た時のままだ。

しかし、ここにも四十年という時間が間違いなく流れているはずである。

にもかかわらず枕やベッドカバーに至るまで何も変わっていない寝台を見て、ジャスミンは苦笑した。

自分はそれほど繊細《せんさい》な性格ではないつもりだが、敷布や寝具も四十年前のままだとしたら、さすがにここに寝るのは抵抗がある。

「リネン類はずいぶん脆《もろ》くなっているんじゃないか。わたしが寝たらすぐに破れるような気がするぞ」

そう言うと、バーンズは首を振った。

「いいえ。五年ごとに同じ品番の新品と取り替えて参りました。これも先日換えたばかりです。洗ったばかりでもありますから清潔でございます」

そうしてバーンズはあらためてジャスミンに頭を下げたのだ。

「お帰りなさいませ、お嬢さま」

「お嬢さまはよせ。わたしはこれでも人妻で一児の母なんだ」

「いいえ。お嬢さまはお嬢さまです。先代の執事がそう申しておりました」

ジャスミンはますます苦笑した。

イザドーから何を聞いたにせよ、見上げた執事と言うべきだった。あらためて問いかけた。

「時々ここに寄らせてもらってもかまわないか?」

「もちろんでございます。お嬢さまの屋敷ですから。──昼食はこちらで召し上がりますか?」

「すまないな。その暇がないんだ。もうじき迎えが来ることになっている」

ジャスミンが言った折もおり、発着場の方向から音が聞こえてきた。

この屋敷には送迎機の発着場も設置されている。

二人が庭へ出てみると、小型の送迎機が今まさにそこに着陸するために降下してくるところだった。

ジャスミンは屋敷の裏手にある駐車場に向かい、リムジンを出して乗り込んだ。この車も個体情報を照合する形式で、鍵がなくても、ジャスミン自身を認識してすんなり動いたのである。

後を追ってきたバーンズが言った。

「お嬢さま。運転でしたらわたしが代わります」

「いや、いい。久しぶりだからな。自分で運転してみたいんだ」

そう言ってジャスミンは助手席を示した。

「おまえも一緒に来てくれ。この車を持って帰ってもらわなきゃならないからな」

「かしこまりました」

二人が発着場に着くまでに要した時間は約二分。その二分の間に、着陸したばかりの送迎機は既に離陸態勢に入っていた。

送迎機から降りたケリーがジャスミンに向かって声を掛けてくる。

「早く乗れよ。遅れるぞ」

「今行く」

答えながらジャスミンは大股に送迎機に近づいた。

バーンズもリムジンを降りて同じようにしたが、

機体に乗り込むためではなかった。

彼は送迎機を操縦してきた男の前で立ち止まり、その顔を無言で見つめたのである。

バーンズにとっては初めて見る顔のはずだった。

自分より確実に二十歳は若く見える顔でもあった。

しかし、バーンズはその年下の若い男に向かって、やや硬い表情ながらもはっきりと言ったのである。

「お帰りなさいませ、旦那《だんな》さま」

ケリーは呆れた顔つきで首を振った。

「旦那さまはよせよ。俺はそんなもんじゃないぜ」

「はい。旦那さま」

頑固《がんこ》な執事である。

ケリーもそれ以上は言わなかった。もしかしたら言っても無駄だと知っていたのかもしれなかった。

苦笑しながら声をひそめて釘を刺した。

「俺に会ったことは本社の連中には言うなよ」

「かしこまりました」

送迎機に足を掛けながらジャスミンが言う。

「じゃあな、バーンズ。近いうちにまた遊びに来る。その時は食事を振る舞ってくれ」

「お待ちしております」

二人を乗せた送迎機がふわりと浮きあがる。その姿はたちまち上空に消えていった。

それを見届けたバーンズは何事もなかったように車を駐車場に戻し、庭仕事に戻ったのである。

しばらくして本社から連絡が入った。

先程の四人以外の重役たちからだった。

四人は会議が終わる間際にようやくジャスミンが本社に現れ、この屋敷に向かったことを他の役員に話したのだ。聞かされた役員たちはなぜ引き留めておかなかったのか、何故もっと早く言わないのかと同僚に怒り（現場にいた彼らにそんな気力が残っているはずもないのだが、無論アレクサンダーだけは故意に黙っていたのである。百聞は一見に如かずで、彼女を知ってもらうには言葉を費やすのではなく、実物を見せなくては無意味だと思っていたからだ）

大慌てで連絡してきたのである。

ジャスミンの居場所を息せき切って尋ねる彼らに、バーンズはこう答えた。

「お嬢さまなら確かにいらっしゃいましたが、先程お帰りになりました」

「そ、それで！」

「彼女は夫のことを何か言っていなかったか⁉」

この質問の仕方もまずかった。ジャスミンは夫のことなど一言も話していなかったのは確かだから、バーンズは淡々と、極めて正直に答えていた。

「いいえ、何もおっしゃいませんでした」

2

政界を引退したマヌエル一世は惑星セントラルのサントーニ島に隠居所を構えている。

現役時代は毎晩のように会合や集まりに引っ張り出された人だが、今は滅多に人前に出ることもなく、一人静かに暮らしている。

サントーニ島はフラナガンやエポンのような大陸ではない。住んでいるのはマヌエル一世一人だけという本物の島だった。陸続きに行くことは不可能な絶海の孤島でもあるが、それにしてはかなり大きい。

島の真ん中には標高の高い山が聳《そび》え立ち、しかも裾野《すその》が広い。島のほとんどが深い緑に覆《おお》われ、湖や滝といった自然にも恵まれている。

マヌエル一世の家はその山の中腹にあった。

すぐ目の前に大きな湖があり、ちょうどその湖を見下ろすように広々としたテラスがつくられている。

建物自体は長方形の平屋づくりだった。これまた老人の一人暮らしにしてはずいぶん大きな家だが、元共和宇宙連邦主席の隠居所だから、このくらいの構えは当然かもしれない。

しかし、場所が極め付きに不便である。

送迎機の発着場も備えられているが、その規模はあまり大きなものではない。つまり、一度に大勢の客がここを訪れることはないということだ。

そうした様子を上空から見て取ったジャスミンは正直に首を傾《かし》げた。

「こんな所にお一人住まいとは、閣下もお歳なのに何かあったらどうするんだ」

「その心配はないぜ。あの隠居所に手を出すような奴はまずいねえよ。見た目はどうってことはないが、中身は最新の防犯技術と医療設備の塊《かたまり》だ」

「うちで提供《クーア》したものか？」

「もちろん」

着陸許可を求めると自動機械が応対し、発着場に誘導してくる。その指示に従って送迎機を下ろして二人は外に出た。

周囲を海に囲まれているのに潮の匂いがしない。代わりに漂《ただよ》っているのは濃厚なまでの緑の香りだ。

外へ出た二人を自動機械が出迎えてくれた。

「こちらへ、どうぞ。ご主人さまがお待ちです」

マヌエル一世は先程のテラスのある部屋で二人を待っていた。

杖を持っているものの、とても百一歳になるとは見えない。至って血色のいい老人である。

一世は笑顔で二人を出迎えて握手した。

「出迎えもせずに失礼致しました。何分、足腰の弱い年寄りですのでな。お許しください」

「とんでもない。相変わらずお元気そうだ」

ケリーが言えば、ジャスミンも笑いかけた。

「お招きありがとうございます。閣下。交通の便がいいとはお世辞にも言えない場所ですが、すてきなお住まいですね」

何とも正直な感想に一世はまた笑った。

「気に入っていただけたなら何よりですよ。ミズ」

「ですが、お宅がこう広いと、お一人でお寂しくはございませんか」

「いいえ。おかげさまで。こうして親しいお客様もいらしてくださいますし、息子や孫も曾孫《ひまご》を連れて訪ねてくれますのでね。楽しくやっておりますよ」

ジャスミンは食事といったが、実際にはこの星のこの島の時間帯ではお茶の時間だった。

一世は湖に面したテラスに二人を誘った。

そこには立派な座り心地のいい椅子が用意されて、腰を下ろすと湖が一望できた。

真っ青な湖面に周囲の緑と白い雲が映っている。

その景色を眺《なが》めたジャスミンが眼を細めた。

「偶然でしょうか。この景色は――サンドロットの父の別荘を思い出します」

「はい。覚えていますよ。マックスのあの別荘には
わたしも何度か招待されました。ここを見つけた時、似ていると思ったのも本当です」

一世は湖と森を眺めて、しみじみと言った。

「わたしもここの景色が気に入りましてね。周囲を海に囲まれた島に住みながら、浜辺ではなくこんな山の中に家を建てるとは酔狂なことをするものだと友人たちによくからかわれましたが、どうも潮風は身体にさわるようでしてな」

「父もどちらかというと海より山が好きでした」

ジャスミンは言って、ケリーに尋ねた。

「あの別荘は今どうなってる?」

「確か社員に開放して保養所にしたはずなんだが、昔の話だからな。今はどうなってるかな」

答えたのは一世だった。

「あの建物なら今も保養所として使われています。社員の方にもなかなか好評のようですよ」

「それはよかった」

「有効な利用法だな」

ケリーとジャスミンは同時に言い、一世も笑って頷《うなず》いた。

「この上空には衛星も通りません。おかげさまで、こうして年寄り一人でも安心して暮らせます」

先程の自動機械がお茶を運んできた。甘いものはあまり得意でない二人のために、お茶菓子ではなく、ハムやチーズを中心にした軽食が添えられている。

二人が腹ごしらえを済ませるのを待って、一世は話を切り出した。

「実は、お二人をお招きしたのには理由があります。ご相談に乗っていただきたいのですよ」

「連邦に関わるご相談ですかな?」

「いいえ、今のところは無関係でしょうな。ただし、この先はどうなるかわかりません」

謎めいた言葉である。どのみち人生の先輩にこう言われると、だめだとも言いにくい。

苦笑しながらケリーは言った。

「聞くだけでよろしければ、お伺《うかが》いしますよ」

「ありがとうございます。実は、原因不明の宇宙船事故が多発しているのです」

年を取っても一世の話に回りくどいところはない。お茶で喉《のど》を潤《うるお》し、極めて率直に要点に入った。

「と言っても、それほど大きな事故ではありません。現在のところ死傷者は一人も出ていないのですから騒ぐほどのことではないのかもしれませんが、その事故の性質が何とも奇妙と言いますか、不可思議と言いますか、無視できないものなのです」

「具体的には?」

「事故に遭《あ》った船の話によりますと、極めて短い間——ほんの一瞬から長くても十数秒程度なのですが、船の制御が利かなくなるというのです」

二人は無言で先を促《うなが》した。

「今まで報告されたものでは突然通信不能になった、探知機が利かなくなった、舵《かじ》が勝手に動いて軌道を外れた、大きなものでは駆動機関が勝手に作動して跳躍態勢に入ったという事例もあります。この時は跳躍に入る前に乗組員が装置を停止させて事なきを得たそうです」

ジャスミンが顔色を変えて居住まいを正した。

「閣下。騒ぐほどのことではないとは、失礼ですがとんでもない考え違いです。そうした事故が今まで何件発生しているのです?」

「わかっているだけで二十一件です」

「実際にはもっと多いと?」

「はい。と言いますのも宇宙船自体の故障と思って報告されなかった例もあると考えられますので」

「最初の一件から二十一件目までの期間は?」

「標準時間で三ヶ月です」

ジャスミンもケリーも今度こそ眼を見張った。

「しかもこれらの事故は皆、特定の宙域に集中して発生しているのです。多少の距離の幅はあります。公海と領海の違いもありますが、同一宙域と言って差し支えはありません。こうなりますと船に問題があるのではなく、その場所に何らかの要因があるとしか思えません」

ところが、いくら探してもその原因らしきものが何もないというのだ。

そこが小惑星帯であるとか原始太陽系であるとか、磁気嵐が頻発《ひんぱつ》する難所であるとかいうならともかく、今までほとんど事故など起きたことのない、至って穏やかな宇宙《うみ》だという。

ケリーが眉《まゆ》をひそめて言った。

「まさか——感応頭脳誘導装置？」

正確には感応頭脳強制指導実行装置という。

ダイアナが鼻で笑った代物だが、民間船には充分、有効な装置だ。ただし、現在のところそんなものを備えているのは連邦軍と連邦情報局のみだ。

マヌエル一世も同様に眉をひそめた。

「やはり、あなたもそうお考えになりますか？」

「わたしもと言われますと？」

「宇宙を本職としておられる方はという意味です。わたしはご承知のように宇宙船関係は素人《しろうと》ですから、それほど重大なこととは思いませんでした。孫からこの話を聞かされた時も、ずいぶんおかしなことがあるものだと首を傾げた程度でした。孫自身もそう考えていたようなのですが、宇宙船の専門家たちはこの話を聞くなり口を揃《そろ》えて、それは事故ではない、事故ではあり得ないと断言したそうです。そんな事例が頻繁《ひんぱん》に起こるとしたら船が外部操作を受けたとしか考えられないと」

「わたしも彼らに同意見ですよ。同宙域で三ヶ月に二十一件となれば自然現象ではあり得ません」

「まさしく」

頷きを返した一世だが、困ったような顔になった。

「ところが、問題の宙域というのは惑星クレイドの領海と公海の境目なんです」

「クレイド？」

ジャスミンには聞き覚えがない名前だった。

ケリーも思い出すのに少しばかり時間が掛かった

ようだった。

「確か——辺境の惑星でしたな?」

「はい。自然を生かした観光や農業などでなかなか裕福な国ですが、都市化率は低く、最先端技術にもまったく縁がない国です。誘導装置の独自開発など、あの国では到底無理な話です」

「でしょうな。クレイドと感応頭脳誘導装置では、どう考えても接点がない。しかし——」

ジャスミンが口を挟んだ。

「わたしはその星の名前に聞き覚えがないんだが、どこにあるんだ?」

「あんたが知らないのも無理はない。確か建国して三十年ちょっとのはずだ」

クレイドは中央座標《セントラル》から一万三千光年離れている。ショウ駆動機関《ドライヴ》を使った航行で辿《たど》り着くためには、実に百数十回の跳躍が必要ということになる。

ジャスミンは眼を丸くした。

「たいへんな僻地《へきち》だな」

「しかし、あそこは非常に魅力的な星でもあります。他では見られない珍しい自然に恵まれた国ですので、お手軽な保養地に飽き足らなくなった人々が頻繁に訪れているようですよ」

「そんなに遠い星にわざわざ保養に?」

気軽に出かけられるような場所ではないはずだが、ケリーも頷いた。

「思い出しました。確か、昔の習慣や文化がかなり残っているところでしたな」

「はい。自然主義とでも言うのですかな。いささか不便に感じるほどの暮らしぶりが一部の地域で今も守られています。学生たちがその暮らしを体験する課外授業に赴くことでも有名なところです」

「それだけではありませんでしょう、一世?」

「はい。もう一つミズのご存じないことがあります。辺境に位置しながら何故この国が裕福かと言えば、マース合衆国の事実上の従属国だからです」

国家として独立しているのは確かだが、政治上も経済上もマース合衆国に依存しているわけだ。

ジャスミンは首を傾げ、独り言のように言った。

「クレイドは中央座標から一万三千光年、マースは中央座標から約五百光年。ではマースとクレイドはどのくらい離れているんです？」

「ほぼ同距離ですな。約一万三千光年です」

ますます不思議そうにジャスミンは首を傾げた。

「それでマースの従属国なんですか？」

「はい」

「それにしては交通の便が悪すぎるように思います。その星が何か他には代え難い資源を有しているならまだわかりますが、自然を生かした観光地とは——そんな星を支配下に置いたところでマースには何ら利はないはずです。第一、そこまで出向くだけでも一苦労でしょうに」

「おっしゃるとおりです。この距離を普通に進むと——どのくらいかかりますかな、ミスタ？」

「普通の船乗りなら約六十五日。第一級の船乗りが最高の状態の船と乗組員を使ってその半分。さらに限られた一流どころならおおよそ二十五日といったところでしょう」

ジャスミンが驚いたように夫を見た。

「普通と一流の間にはそんなに差があるのか？」

「だから辺境宙域の船乗りは技術職なのさ。本人の技術と駆動機関の調整次第でいくらでも早く飛べる。ただし、マースとクレイドに関して言うなら、この法則は関係ない」

一世も頷いて、ゆっくりと言った。

「マースにとってクレイドは僻地ではありません。クレイドにとっても同じことです」

ジャスミンはちょっと眼を見張った。

「《門》《ゲート》ですか？」

「はい」

五年前まで経済界の頂点に立っていたケリーにはそうした事情はおなじみのものだった。

考えながら言った。

「お話を総合しますと、マース合衆国がクレイドの領海で何らかの兵器実験を行っていると考えるのが妥当《だとう》ではないですかな？」

「その通りですが、断定するには疑問が残るのです。と言いますのも、この両国の関係上、マースの船は頻繁にクレイドを訪れています。事故にあった船の六割がマース船籍の民間船なのです」

「ははあ……」

確かにそれはおかしな話だった。実験をするのにわざわざ自国の船を選ぶことはない。

「事故にあった船長たちは、クレイド政府に対して事故原因の徹底糾明を求めています。ですが、この事態にもっとも困惑して頭を抱えているのが、そのクレイド政府なのです」

「何が何やらわからないと？」

「孫の話ですと、泣きそうな顔でその通りのことを言ったそうですよ」

「クレイドの首相がですか？」

「はい。首相と外務大臣、航宙省大臣がです」

「となると彼らは当然、親分であるマース合衆国に救いを求めたのでしょうな」

「ところがこの件に関してはその親分もお手上げの状態です。マースはひた隠しにしていますが、実はマースの戦艦も被害に遭ったうちの一隻なのです」

「戦艦が？」

二人とも驚いた。

金持ち国のマース合衆国は戦艦も最新型だ。その軍用感応頭脳ともなればそう簡単に外部から操作できるような代物ではないはずだった。

「この時もすぐに管制が戻りましたので、マースは異常の原因は戦艦それ自体にあると考えたようです。現在、船渠《ドック》に入れて徹底的に調査中とのことですが、原因は明らかになっていません。宙域自体の調査も並行して行っていますが、こちらも進展なしです」

ケリーは肩をすくめて首を傾げた。

「資金面でも技術面からみても感応頭脳誘導装置は

そう簡単に開発できるような代物ではありません。マースならそれも可能だ。あの国が背後で何か糸を引いていることなら納得できますが、違うとなると穏やかではありませんな」

「まったくもって穏やかではないのです。公海ならともかく事故のほとんどがクレイド領海内で起きているものですから、連邦軍としてもクレイド側から要請がない限り手を出すことはできません」

「首相は連邦に泣きついたのではないんですか?」

「困っているのは間違いないようですが、マースの手前もありますので、連邦に首を突っ込まれるのはありがたくないと。そういうことのようですな」

大いにありそうなことだった。

一世は穏やかな調子を崩さずに話を続けている。

「大事故につながるようなものではないと言っても、あまりにも続発するものですから、船乗りの間ではそろそろ噂《うわさ》になり始めています。中には連邦に直接、この事故のことを報告する船乗りもおりましてな」

「でしょうなあ」

「マースが絡《から》んでいるかもしれないとあって、孫も頭が痛い様子です。そこでお願いなのですが……」

老政治家は客人を見つめて微笑した。

「もしお暇でしたら、お二人にクレイドまで行って調べてみてはもらえないかと思いましてな」

二人も顔を見合わせて微笑し、口々に言った。

「一世。わたしたちは民間人なんですよ。連邦軍と違って捜査権や執行権などは持っておりません」

「それはあなたのほうがよくご存じでしょう?」

「もちろんわかっております。お忘れのようですが、今のわたしも一介の老人に過ぎないのですぞ」

大型夫婦は揃って懐疑的な顔になった。

とてもそうは見えないとその顔に描いてある。

一世はすまして言ったものだ。

「お二人とも宇宙にたいへん関わりの深い方です。ミズ・クーアのお父上は多くの《門《ゲート》》を発見し、《駅《ステーション》》を設置し、ミズご自身もかつて連邦軍に在籍しておられた。一方のミスタ・クーアはショウ駆動機関《ドライヴ》を開発し、宇宙船と宇宙旅行を劇的に発展させた方です。そういう経歴を持つお二人でしたら今回の事件に興味を持たれるのではないかと思ってお話ししたまでのことです」

「実際、大いに興味を持ちましたよ」

ケリーは素直に認めたが、懸念《けねん》も感じたらしい。

「行って調べてみる分にはかまいません。ですが、その後はどうします。もし本当に何らかの事件性のあるものだったとしたら？」

「その時はミスタのご判断にお任せ致します」

前もってその答えを用意していたのだろう。

かつて政界の頂点に立っていた老人はよどみなく言ったものだ。

「連邦に通報するもよし、ご自身で解決するもよし。ただし、ご自分でなさる場合はなるべく誰の仕業《しわざ》かわからないように解決していただけると助かります。何と言っても、あなたは捜査権も逮捕権もお持ちでない民間人なのですから」

ケリーは小さく吹き出してジャスミンを見た。

ジャスミンもケリーを見て言った。

「わたしは行ってみてもいいんじゃないかと思うが、おまえは？」

「訊くなよ。どうせ死人は暇なんだ。ただ……」

「何だ？」

ケリーは苦笑して肩をすくめた。

「そういうことなら遅かれ早かれ連邦はクレイドに軍を派遣するだろうと思ってな。連邦軍と鉢合わせするのは正直言ってありがたくないのさ」

「その時は逃げればいいだろう？　おまえの船より速い軍艦なんかどこにもないんだ」

「だから、そこが困るんだよ。下手《へた》に速いところを見せると、連中、眼の色を変えてこっちを追っかけ回しやがるからな」

昔さんざん追われた男ならではの台詞《せりふ》である。

「それならわたしも逃げるのを手伝おう。さすがに撃沈するのはまずいが、行動不能にするくらいなら許容範囲内だろう」

「馬鹿言え。そんなことしたら連中は面子《メンツ》に賭けて犯人捜しにかかるだろうが」

「だから、こっちを認識する暇なんか与えずにだな。真っ先に探知機類を潰《つぶ》して逃げればいいんだ」

「やめとけ。あんたが下手に関わると話がますます物騒になる。一世、今のは聞かなかったことにしておいてくださいよ」

「はい」

一世はにこにこ笑いながら頷いた。

「ミスタ・クーアに人望があることはよく承知しております。わたしの孫も何とかしてあなたを陣営に加えたいと思っているようですが……」

お茶を一口含んで、一世は苦笑した。

「孫が欲しているのは元クーア財閥総帥のミスタ・クーアでしかないらしい。それではとてもあなたを振り向かせることはできませんのにな」

「恐れ入ります」

ケリーも笑って、さっそく行動を起こすべく立ち上がった。

「おもしろいお話をありがとうございました」

最後に二人が礼を言うと、この老政治家は意外な茶目っ気を発揮《はっき》して言ったものだ。

「長らく宇宙を離れていたお二人の肩慣らしには、ちょうどいいと思いましてな」

3

サントーニ島から飛び立つと、ケリーはそのまま出国許可を取って宇宙に向かった。

周回軌道上にはケリーの船《パラス・アテナ》が待機している。数週間に及ぶ調整を終えたばかりで、ぴかぴかの新品同様になっている。

この船は外見こそ五万トン級の民間船だが、連邦軍の戦艦にも引けを取らない性能を誇っている。

ケリーの長年の相棒にして《パラス・アテナ》の感応頭脳ダイアナ・イレヴンスは、美しい顔に少し憂《うれ》いを浮かべて言った。

「マースの戦艦までいじられたとなると、かなりの高性能ね」

「もしそれが本当に誘導装置ならな。——おまえは大丈夫なんだろうな？」

「失礼ね」

内線画面のダイアナはちょっと憤慨《ふんがい》したようだが、唇《くちびる》には楽しげな微笑を浮かべている。

「連邦自慢の誘導装置もわたしには効果がないのよ。それがマース製にせよエストリア製にせよ、ただの試作品なんか相手にするだけ無駄だわ」

「是非ともそう願いたいね。ミイラ取りがミイラになるなんざ、ぞっとしないからな」

「わたしが不思議に思ったのはね、マースにそんな開発計画があったかしらってことなのよ」

五年前までケリーの秘書も務めていたダイアナは感応頭脳でありながら各国の情勢に詳しい。

そうした知識と感応頭脳誘導装置という兵器とが重ならないらしく、画面の中で首を傾《かし》げている。

「マースの軍事強化はもっとわかりやすいわ。事実、五年前までは新型戦艦の開発と性能向上に特に力を入れていたはずなのに」

「五年も経ってるんだ。方針転換したかもしれんぞ。あるいは——」

一世の話を聞いた時から心の片隅にあった懸念《けねん》をケリーは口にした。

「政府首脳も、そんなものが開発されていることを知らないのかもしれん」

そんな馬鹿なと思われてしまいそうだが、決してあり得ない話ではない。

国家という組織が大きくなればなるほど、頻繁《ひんぱん》に起こりうることだった。

「その結果、自分のところの軍艦を操られたなんて、ちょっと間抜けね」

一方、船の運航には関わっていないジャスミンはクレイドに関する資料を調べることに専念していた。

クレイドはマース合衆国から一万三千光年離れた宙域にある。まともに跳躍したらかなりの長旅だが、この二国に限って言うなら、その距離を一瞬にして詰めてしまう近道がある。

その《門《ゲート》》が発見されたのは今から四十年近く前、ジャスミンが眠った直後のことだった。

この《門《ゲート》》はかなりの長距離を結んでいる上、特筆すべき特徴として極めて安定度が高かった。

《駅《ステーション》》を設置しなくても使うことができたのだ。

従って《駅《ステーション》》の全廃決定にも影響を受けず、現在に至るまで使われている。

こういう安定した《門《ゲート》》は特定航路と呼ばれ、共和宇宙の各地に存在している。もちろんその数は限られているが、この特定航路に関して言うなら、重力波エンジンを使ったほうが断然速い。

「となると、クレイドまで行くにはマースに跳んでこの特定航路を使うのが最短か」

ジャスミンが尋ねると、ケリーはにやりと笑って首を振った。

「俺は他の航路を行くぜ。そのほうが早いからな」

ジャスミンも笑い返した。

「《門《ゲート》》か?」

「そういうことだ」

ケリーの頭の中には山ほどの《門《ゲート》》の所在地と情報が詰まっている。

《駅《ステーション》》が撤去された後、放置されたものから、一度も世間に発表されることはなかったものまで、ケリーが知っている《門《ゲート》》が全部でどのくらいの数になるのか、ジャスミンも知らない。

そしてその持ち船の《パラス・アテナ》はショウ駆動機関《ドライヴ》と重力波エンジンを両方搭載している共和宇宙でただ一隻の民間宇宙船だった。

「その前に一度アドミラルに戻る。あんたの相棒を拾わなきゃならんだろう」

「ああ、頼む。あれを置いてはいけないからな」

「他に何か持っていきたいものはあるか？」

「ない」

ジャスミンは元は軍人だった。身軽に動くことに慣れているし、この船には必要なものは揃《そろ》っている。

セントラルからアドミラルまでは百二十光年。


ケリーはその距離を一度で跳んで、アドミラルに戻ってきた。

向かった先はアドミラル軌道上を周回するクーア財閥記念博物館である。

かつて空飛ぶ宮殿と人に言わしめた巨大宇宙船《クーア・キングダム》を改造したこの博物館は、今でも立派に宇宙船として機能する。

現に先日も、ちょっとした事情で軌道を離れた。しばらくして何事もなかったように戻ってきて、元の場所に収まったものの、博物館にそうふらふら動き回られてはたまったものではない。

担当管理者たちはその感応頭脳のフェリクスⅢに厳重な注意を促《うなが》し、同時に徹底的な調査を行ったが、フェリクスⅢは自分は最優先順位者の指示に従ったまでであり、倫理規定違反事実はないと反論した。

そのフェリクスⅢは今、ジャスミンの愛機であるクインビーの改造に当たっている。

クインビーはジャスミンにしか動かせない戦闘機

だった。戦闘能力は現行の戦闘機をも遥《はる》かに凌《しの》ぐが、何と言っても四十年以上も前に製造された機体だ。

機械の進歩を語る点でこの時間は無視できない。

少なくとも通信機と探知機を何とかしなくては、現在の宇宙は飛べないし、闘うこともできない。

ダイアナがそのための新しい図面を引き、必要な部品を揃え、ジャスミンも新しい電算機を用意した。

四十年前の時分でも既に時代遅れの技術だったが、ジャスミンはこの技術にこだわった。クインビーに安全重視の感応頭脳を乗せるつもりはなかったのだ。

容量と速度を増した電算機を組み、巨大博物館の一部を工場に改造して、フェリクスⅢとともに夜を徹して新しいクインビーを組みあげたのである。

今はすっかり調整も終わり、クインビーは深紅のつややかな姿でたたずんでいる。

《パラス・アテナ》から連結橋を使って乗り込んだジャスミンは、外見は少しも変わっていない愛機を見上げて苦笑した。

ここまで人間の手の入っていない機体で飛ぶのは初めてだった。設計図を引き直したのがダイアナで、主に組んだのがフェリクスⅢときている。

しかし、どちらも信頼できる専門家であることに変わりはない。

飛行服を着ていたジャスミンは操縦席に収まると、博物館の外で待っている船に連絡を取った。

「聞こえるか、ダイアナ」

「感度良好よ。新しい操縦席はどう?」

「そうだな、ちょっと飛んでみる。フェリクスⅢ、発進手続きを頼む」

「了解」

工場に位置していたクインビーが格納庫へと進み、格納庫扉がゆっくりと開いていく。

新しいクインビーは宇宙空間にすべり出た。

操縦席の探知機に周囲の状況が表示される。

ジャスミンはその性能にあらためて眼を見張った。

模擬操縦装置で体験済みだったが、四十年前とは別物と言っていい。

こうなると運動性能も確かめてみたくなる。

少し本格的に動かそうとしたところへダイアナが話しかけてきた。

「気が済んだらこっちに乗り込んで。出発するわ」

「ちょっと待て。慣らし運転もまだなんだぞ」

「それなら向こうに着いてからでもできるはずよ。クレイドには人工衛星すらほとんどないんだから、射撃練習をしても管制に見つかる心配はないわ」

だから早く出発しましょうとダイアナは言ったが、ジャスミンは首を傾げた。

「ずいぶんせっかちだな？」

今回のクレイド行きは緊急の仕事というわけではない。一世からの個人的な頼まれごとに過ぎない。

それにしてはダイアナはずいぶん気合いが入っているようだった。すると、この感応頭脳は器用にも唇を尖《とが》らせて（そんなものはもちろんないのだが、それが充分想像できるような口調で）言ってきた。

「当然よ。全開で跳びたくてうずうずしているのはあなただけじゃないのよ。わたしも一緒なの」

その言葉にジャスミンは笑ってしまった。

「そうか。おまえも試運転だったな」

「ええ、ショウ駆動機関《ドライヴ》も最新型にして改良したし、重力波エンジンにもかなり独自に手を入れたから、早く実践《じっせん》で試したいのよ」

「わかった。すぐにそっちに行く」

《パラス・アテナ》は船内を改造して格納庫を広げ、送迎機とクインビーを搭載できるようにしてあった。

その分、着陸のためには相当の技倆を必要とするようになったが、ジャスミンなら何の問題もない。

するりとすべりこんで着地し、機体を固定した。

クインビーを降りたジャスミンが操縦室へ行くと、操縦席のケリーが振り返らずに話しかけてきた。

「準備はいいか？」

「いつでも」

ジャスミンは身一つで副操縦席に収まった。

《パラス・アテナ》はケリー一人で動かせる船だ。

従ってジャスミンが操縦室にいる必要はないが、客室にいてももっとすることがない。それなら副操縦席に座って、夫の操縦を眺《なが》めているほうがいい。

そして衛星軌道を発進した《パラス・アテナ》はマースとは逆方向に船首を向けた。

跳躍可能域に到達したところでショウ駆動機関《ドライヴ》を作動させる。

跳躍した距離は約四十七光年だった。航路もなく、居住可能型惑星もない。寂しい宙域だが、ここにはケリーの知る《門》《ゲート》がある。

通常航行でその《門》《ゲート》に迫る間、ジャスミンは夫に問いかけた。

「わたしは《門》《ゲート》は便利なものだと思うんだが、本当に特定航路以外では使われていないのか？」

「まあ、難しいだろうな。安定度数九十以上を常に保っている《門》《ゲート》なんて滅多にないぜ。千のうち一つあればいいほうだ」

ダイアナが補足する。

「それだって本当にいつでも跳べるのかと言ったら、そうでもないものね。クレイド航路も年に何度かは跳べなくなる時があるもの」

それが《門》《ゲート》航法の弱点の一つだった。

いつでも誰でも跳べるというわけではないのだ。

磁気嵐や重力異常など、周囲の状況によってその状態は大幅に変化し、安定度数が九十以下になると跳躍することはできない。

加えて利用価値という問題が残る。

ショウ駆動機関《ドライヴ》を使った跳躍のほうが速かったり、跳んだ先に何もなかったりでは意味がない。

結果として現在も使われている《門》《ゲート》は非常に少なく、限られた宙域にしか存在しない。マースとクレイドをつなぐ《門》《ゲート》もその希少な一つだった。

ダイアナがさらに言う。

「いくら安全に跳べるとは言っても一度に一隻しか跳べないんだから、混んでいる時は相当待たされることになるわ。便利なようで意外と不便というのがクレイド航路の定評よ」

ジャスミンは肩をすくめて笑った。

「時代も変わったな。わたしにはそれが当たり前だ。当時は誰も文句など言わなかったのにな」

「あなたが眠っている間に宇宙を旅する人はみんな贅沢《ぜいたく》になったのよ。待たされたくないのね」

「だが、特定航路以外の《門《ゲート》》もやろうと思えば跳べないわけじゃないんだろう？」

「そりゃそうさ。ちびすけ以上の年齢の船乗りなら条件さえ整えば跳べるはずだ。ただし、悲しいかな、肝心の船がない」

「ない？」

ジャスミンは意外そうに夫を見た。

「重力波エンジンはまだ製造されているのにか？」

「それは特定航路を跳ぶ船乗りが独占してるのさ。製造されているとは言っても微々《びび》たるもんだから、彼らに供給するだけで数がなくなっちまうんだ」

「……………」

「特定航路を飛ぶ連中はたいてい同じ一カ所の航路だけを延々と往復している、いわば渡し船の船頭だ。彼らは他の宙域へは出て行かない、出て行けないと言ったほうがいいだろうな。それ以外の宙域を跳ぶ普通の船乗りは逆にもう長いこと重力波エンジンに触ったこともないはずだ」

「完全に管轄が別れてしまっているんだな」

「そういうことだ。《駅《ステーション》》が廃止された後に《門《ゲート》》を塞《ふさ》ぐ格好でつくられた施設もあるからな。迂闊《うかつ》には跳び込めないぜ」

ジャスミンは宇宙船の針路を示す羅針盤《らしんばん》を眺め、念を押すように言った。

「ここは大丈夫なんだろうな？」

「ああ、向こう側に何もないことは確認済みだ」

それを証明するようにダイアナが言ってくる。

「《門《ゲート》》を確認したわ。安定度数は八十二」

昔の船乗りたちはこの段階で仕方がないと諦《あきら》め、

《門《ゲート》》の状態が回復するのをひたすら待ったのだ。

しかし、その当時の船乗りたちが揃ってキングと称えた技倆の持ち主はあっさり言った。

「新しい重力波エンジンの試運転と行くか」

その言葉どおり、らくらくと《門《ゲート》》を跳んだ《パラス・アテナ》は、中央座標から七百四十光年離れた宙域に出現した。

今度はショウ駆動機関《ドライヴ》を使って新たな《門《ゲート》》に接近し、再び重力波エンジンで《門《ゲート》》を跳躍する。

同じことを三度繰り返した《パラス・アテナ》はその日のうちにクレイド星系に到着した。

自然を売り物にするだけあって、惑星クレイドは美しい星だった。

三つある大陸には広大な平地が広がる地域があり、そこでは近代的な農業が大々的に行われている。

その一方、丘陵地帯や地形の複雑な半島などでは、住民が自主的に近代化や機械化をなるべく排して、自然主義に基づいた生活を送っている地域もある。

そこでは人々は家屋の自動化を極力控え、井戸を掘り、動力は風力か太陽発電を使っている。人力で糸を取り、機《はた》を取る習慣も残っている。移動手段の車は昔ながらに車輪で走り、農地では馬車も現役で使われているとある。

一世が言っていたように、そうした暮らしを体験するため、共和宇宙中の学校から毎年大勢の学生が課外学習に訪れている。

自然生活を体験したいという観光客にも大好評で、家族連れで訪れる人も多い。そのためにつくられた体験村というものまであるそうだ。

そうした質素《しっそ》な暮らしを提供する反面、この星は豪華な行楽地にも力を入れている。

現在の主力商品は熱帯に位置する島を一定期間、丸ごと貸し切りにできるというものらしい。

こちらは到底一般の観光客には手が届かない。

島の大小や人気によって価格は異なるが、かなり高額である。

一定の収入がなければ見ることもできないという観光情報を画面に表示させて、ジャスミンは呟《つぶや》いた。

「特別に選ばれたあなたさまだけに、南国の太陽と輝く青い海、美しい白い砂浜、さらには熟練されたスタッフによる最高のサービス、夢のような一時をお約束致します——どうも陳腐《ちんぷ》な売り文句だな？」

島に建てられた建物の内装も表示されている。海を前にした建物らしく、贅沢ながらも開放的な明るい色調だった。確かに魅力的ではあるが、その一週間分の借り賃を見てジャスミンは眼を剝《む》いた。

「一週間の宿泊で何だってこんな値段になるんだ。これではうちの新人社員の年収分だぞ」

当然もっと長く借りればもっと費用がかかる。

この疑問に答えたのは意外にもダイアナだった。

「これはね、ただの借り賃じゃないのよ。お世話をしてくれる人たちに祝儀《チップ》を渡さなきゃいけないの。それも含めたお値段なのよ」

「祝儀？」

「そうよ。客室係、料理人、執事、海でのいろんな娯楽につきあったり案内してくれる人たちのことよ。その人たちはこの祝儀で食べてるんだから」

「ずいぶん詳しいな？」

「もちろんよ。芸能界では有名な行楽地ですもの。文壇《ぶんだん》や音楽関係者、運動選手の間でもね。日常から解放されてくつろぎたいけど不便な自然生活はいや、短くてもいいからうんと贅沢に過ごしたいっていう人たちにとても評判がいいのよ」

妙なことに詳しい感応頭脳である。

「そういう人たちの間では、次の休暇はクレイドで過ごしますって言うことがステータス・シンボルになっているみたいね」

「すると、ジンジャーも島を借りに来るのかな？」

「まさか。あのぐらいの大物になると桁《けた》が違うもの。島一つじゃ逆に満足できないわよ」

「そうだな。昔も自分用の人工衛星を持っていた。

——それにしても一週間の滞在にこの値段？」

「だから、ほとんどの人はお金を無駄遣いしたくて来るんだってば。深く考えちゃだめなのよ」

ケリーは苦笑しながらこのやり取りを聞いていた。

考えてみれば、この操縦席に座っていて、自分の隣でこんな会話が交わされているのは初めてだ。

「せっかくここまで来たんだ。俺たちも一つ借りて休暇にしてみるか？」

「この一件が解決したらそれもいいかもな」

無論おしゃべりにばかり興じていたわけではない。

ダイアナはまず、特技を活かしてクレイド政府の中枢に侵入し、軍事関係を徹底的に洗いあげた。

予想どおりクレイドの軍備は微笑ましいもので、三十年前の軍艦が現役で使われていたりする。

当然、兵器の独自開発など考えられない状況だ。

大した時間も掛からず、この星のどこを探しても（軌道上も含めて）誘導装置の開発研究機関などは存在しないという結論に達することができた。

となると調べるべきは自動的にマース合衆国だが、ケリーはまず事故現場へ行ってみることにした。

惑星クレイドはクレイド星系の第四惑星にあたる。

他に九つの惑星があり、事故はその第七惑星から第十惑星、太陽系外縁に掛けて頻発《ひんぱつ》している。

昔なら太陽系を横断するには何十日もかかったが、今ではショウ駆動機関《ドライヴ》のおかげで一瞬で移動できる。

一世が言ったようにそこは穏やかな宙域だった。

大小の小惑星が点在しているが、それ自体は別に珍しいことではない。小惑星帯という程の密度ではないから航行するのに問題はなく、事故を誘発するような原因は何もない。

ジャスミンも試運転とばかりにクインビーで出て、小惑星周辺を飛んでみたが何も異常はない。

ケリーは次の事故現場へ行ってみることにした。

その現場は同じ星系内とは言っても、距離にして六億キロメートルは離れている。

昔とは比べものにならないくらい宇宙船の性能が進歩したとは言っても、通常航行では一日がかりになってしまう。

ケリーはショウ駆動機関《ドライヴ》を作動させて向かった。

クインビーも一緒だったが、この機体には重力波エンジンは積んであってもショウ駆動機関《ドライヴ》はない。

捜索場所を移動する時はクインビーは《パラス・アテナ》に帰還しなければならない。

それを面倒に思ったのか、五番目の現場を見た後、休憩のために一度操縦室に戻ってきたジャスミンはこんなことを言い出した。

「なあ、重力波エンジンを外したら、クインビーにショウ駆動機関《ドライヴ》を搭載できないか？」

ケリーは何とも言えない眼で妻を見た。

内線画面のダイアナも同様にして、大げさに肩をすくめてみせた。

言葉になおすと『無茶を言うのもほどほどにしなさいよ』といったところだ。

「無理に跳躍能力を持たせなくてもいいじゃない。今はこの船がクインビーの母船なんだから」

理屈で言えばそのとおりである。

もともと戦闘機のクインビーの居住性は最悪で、長距離旅行ができるような機体ではないのだ。

では何故重力波エンジンが積んであるかと言えば、他ならぬダイアナとケリーを捕まえるためだった。

今ではそんな必要もない。

出発前に取り外してしまってもよかったのだが、あいにく占める割合が大きすぎた。腹の中に大穴が空いてしまうので一応乗せてあるといった状況だ。

ケリーが言う。

「重力波エンジンはここでは役に立つかもしれん。後でマースに行ってみることになるだろうからな」

「クインビーでの《門》《ゲート》の飛び納めだな」

「やめておきなさいよ。目立ちすぎるわ」

六番目の現場は通常航行で行ける距離だったので、ケリーはそちらに船首を向けた。

それまでは少し時間が掛かる。その間を利用して二人が食事にしようと立ち上がった時だった。

ダイアナが突然、不思議なことを言い出した。

「——ねえ、歌が聞こえない?」

「うた?」

ケリーもジャスミンもきょとんとなった。

通信機は切ってあるし、宇宙空間でそんなものが聞こえるわけがない。

「ダイアン。寝ぼけるなよ」

もちろん冗談でケリーは言ったのだ。ダイアナが寝ぼけたりするはずがないからだ。

しかし、ダイアナは首を捻《ひね》っている。

「変ね? 今確かに……」

「気のせいじゃないのか」

「よしてちょうだい、ケリー。わたしは機械なのよ。気のせいということはあり得ないわ」

ケリーは操縦席に座り直した。同じく副操縦席に戻ったジャスミンに尋ねる。

「女王、近くに他の船舶か移動物体があるか?」

「いいや? 何もないぞ」

探知機を確認したジャスミンの声にも意外そうな響きがある。

人間二人が何かの間違いだろうという顔をする中、ダイアナは首を振って断言した。

「いいえ、間違いないわ。確かに聞こえたのよ」

ジャスミンとケリーは思わず顔を見合わせた。

「感応頭脳にしか聞こえない歌?」

そんなものがあるのかと思ったが、これは大きな手がかりである。

「発信源をたどれるか?」

「もちろんよ、もうやってるわ」

「頼む」

その一言で《パラス・アテナ》は操縦者の指示も待たずに進路を変更し、太陽に向かう軌道を取った。

この宙域には他の船もいない、建造物もない。

となると残る可能性は中継衛星だ。

それなら小さいから見落としても不思議はないが、ダイアナは発信源をすぐに特定できなかった。

あっちでもない、こっちでもないと、ダイアナにしては珍しいくらい宇宙空間を迷走したのである。

自動化が進んだ現在の宇宙船でも、自分の意思でここまで好き勝手に動き回る船はどこにもない。

ジャスミンはその様子を興味深げに眺めていた。

ダイアナがまともな感応頭脳でないことはジャスミンもよく知っているが、ケリーはさっきから何の操作もしていない。ただ操縦席に座っているだけだ。

その様子が暇をもてあましているようにみえて、ジャスミンはからかい調子に声を掛けた。

「相棒が優秀だと操縦が楽でいいな」

「いいや、そうでもない。どこへ持って行かれるか、こっちには全然わからないんだからな」

何故か顔をしかめて、ケリーは相棒に問いかけた。

「聞こえたっていうのはどんな歌だ?」

「どうって言われても、言葉では説明できないわ」

「再生できるか?」

「ちょっと無理ね」

「今も聞こえてるのか?」

「ええ、そうね」

内線画面のダイアナは何だか上の空に見えた。

可愛らしく首を傾げた。

「これ、さっきの歌なのかしら。よくわからないわ。聞こえているようないないような……」

「ダイアン」

ケリーは眉《まゆ》をひそめ、ダイアナは青い眼を瞬《またた》いて、自分の操縦者を見つめ返したのである。

「なあに、ケリー?」

「ちょっと訊くが、さっきから何をしてるんだ? おまえの動きは効率が悪すぎる。探知範囲の重なる宙域を何度も重複して飛んでるぞ」

「それはそうよ。発信源がみつからないんですもの。だから探してるんじゃない」

笑い飛ばしたダイアナの顔が何を発見したのか、急に明るくなった。

「見つけたわ」

「発信源か？」

「ええ」

「どこだ？」

「間違いないわ。あの恒星の中よ」

今度こそ絶句したケリーだった。

あの恒星というのは探知機で見るまでもない。

クレイドの太陽だ。

「さあ、行きましょう、急ぎましょう。一刻も早くあそこまで行かなくっちゃ」

愕然《がくぜん》とするケリーを尻目に《パラス・アテナ》は本当に跳躍した。出現したのは第一惑星の軌道付近、太陽までの距離はおよそ二千万キロメートル。

操縦室のスクリーンいっぱいを埋め尽くす迫力で巨大に燃える太陽が映っている。計器はいっせいに危険宙域に突入したことを知らせている。これ以上近づいたらどんなことになるか、それこそ火を見るより明らかだというのに、ダイアナはそのまま恒星クレイドに向かって猛然と加速を開始したのだ。


「ダイアン！」

とここに至ってケリーは血相を変えて叫んだ。

「外部情報入力を遮断《しゃだん》しろ！　おまえは外部操作を受けてる！」

「変なこと言わないで。わたしは大丈夫よ」

そういう相手に限って大丈夫ではないというのは人間社会の常識だ。

ジャスミンも呆気《あっけ》にとられていた。

こんな時、人間相手なら頭の働きを確かめるため指を二本突き出して『何本だ？』と訊くところだが、ダイアナが相手では意味がない。

『円周率を百桁言ってみろ』と迫っても無駄だ。元が精密機械の彼女はよどみなく答えるだろう。

むしろ情緒を計る質問のほうが効果的だと判断し、ジャスミンは急いで問題を思いついた。

「ダイアナ、おまえが本当に正気なら答えてみろ。情けは人のためならずとはどういう意味だ？」

「あらあ、決まってるじゃない。そんなの、獅子《しし》は自分の子どもを崖《がけ》から落とすっていうのと一緒よ。下手《へた》に情けを掛けるとその人のためにならないからわざと厳しくするってことよ」

『えー、そんなの知らなーい』と舌足らずに言われなかった分だけましかも知れないが、まるで当世の女子中学生のようなお気楽な返答に、ジャスミンは顔色を変えて叫んだ。

「何とかしろ、海賊！」

と言われても、五十年のつきあいのあるケリーもこんなダイアナを見るのは初めてだったのだ。

まさに度肝を抜かれていたが、これでは終わらなかった。ダイアナはまるで興奮した人のように眼をきらきら輝かせながら大きな声で言ったのである。

「ああ、なんだかわたし歌いたい気分だわ」

人間二人が自分の耳を疑う中、ダイアナは本当に調子っぱずれに歌い出したのだ。

「こっとりはとってもうったがすきっ。かっあさん、よっぷのもうったでよぷ。ぴぴぴぴぴ——ちっちち、きゃはは！　楽しいわねえ！」

どこの歌だ！　と言っているような場合ではない。

ケリーもジャスミンも凍りついていた。

呂律《ろれつ》こそはっきりしてはいるものの（自分の舌でしゃべっているわけではないから当然だ）こういう支離滅裂な言動には覚えがある。

相手が人間であれば疑いようもない。

明らかに酔っぱらいだ。

ケリーは頭を抱えて呻《うめ》いたのである。

「……ひでえ冗談だ！」

「海賊！　この進路を維持すると間違いなく恒星に衝突するぞ！」

ケリーは冷や汗を掻《か》きながら相棒の説得を試みた。

「ダイアン、馬鹿な真似はよせ。シールドがもたん。本気で太陽に突っ込む気か」

「平気よ。前にもやったじゃない」

「ああ、そうだ。そして俺は死にかけた。おまえも廃船寸前になったんだぞ。覚えてないのか」

「覚えているわよ。大丈夫。だって歌はあそこから聞こえるんですもの」

酔っぱらいに理を解いても無駄だといういい例だ。

ジャスミンが緊迫《きんぱく》した声で囁《ささや》いた。

「海賊。わたしがクインビーで出る。少し乱暴だが、外からこの船を撃てば……」

ダイアナが大真面目な顔で言う。

「だめよ。そんなことさせませんからね。わたしの納庫扉は手動でも開かないんだからやっても無駄よ。残念でした」

ジャスミンは眼だけで夫に確認を取り、ケリーが頷《うなず》くのを見て舌打ちしたのである。

「何だってそんな仕組みにしてあるんだ！」

「《クーア・キングダム》とは違うんだ。この船の乗組員は今まで俺一人だった。必要なかったのさ」

現在の速度を維持した場合、一時間以内に太陽に激突する。進路変更がぜひとも必要な状況だったが、その権限を握っているのはダイアナなのだ。

ジャスミンが緊迫の面持ちで見守る中、ケリーは滅多に使わない手動端末を起動させ、操縦とは直接関係ない操作をした。

短い通信文を作成して送信したのだ。

その指先があまりにも早くて、書いた内容まではジャスミンには読めなかった。

むしろ、その次の作業に眼が釘付けになった。

端末画面に表示された文字の羅列は、『感応頭脳強制停止を実行するか、否か？』そう読めたからだ。

ケリーはいったん手を止め、真剣な表情で長年の相棒に話しかけた。

「ダイアン」

「なあに、ケリー」

「これが最終警告だ。進路を変えろ」

「…………」

「このまま進んだら俺たちは丸焼きになる暇もない。一瞬で蒸発するぞ」

「いやねえ、わたしを信じなさいよ。大丈夫だって言ってるじゃないの」

「今のおまえは信用できないから言ってるんだよ」

辛抱強くケリーは言った。

しかし、ダイアナはケリーが何を言っているのか、さっぱり理解できないようだった。肩をすくめた。

「あなたがこんなに心配性だなんて知らなかったわ。実際にやってみるしかなさそうね」

その言葉どおり、《パラス・アテナ》はますます太陽に向かって加速したのである。

ケリーの手が素早く動いた。

『強制停止を実行、認証開始――』

この作業だけは《パラス・アテナ》のほぼ全権を掌握しているダイアナにも邪魔はできない。

ダイアナの管理下にはない仕組みだからだ。

だが、ケリーが何をしようとしているか、それに気づかれずにはすまない。

画面のダイアナはとても酔っぱらいには見えない真面目な顔で訊いてきたのである。

「わたしを止める気なの、ケリー？」

「ああ、止める。悪く思うなよ」

「思うわよ。どうしてそんなひどいことするの？」

「止めなきゃもっとひどいことになるからだ」

するとダイアナはいやいやと身をよじった。

上目遣いにケリーを見つめながら口元に手をやり、すねたような口調で訴えた。

「いじわる。そんなことしたら泣いちゃうからあ」

ジャスミンが別の意味で震え上がった。

総毛だった腕を激しく撫でさすりながらケリーを振り返ったが、その手元を見てぎょっとした。

『――西ウィノア特殊軍ハロルド・エヴァンス少尉認識番号G４６１３。ジョルジォ・エヴァンス三等准尉認識番号H０７４１。パヴェル・エヴァンス上級曹長認識番号H１６５２、アネット・エヴァンス一等軍曹認識番号J２０２４、ジャイ・エヴァンス伍長認識番号M５９０８――』

感応頭脳の強制停止という、通常決してやってはならない非常手段を実行するのだ。そう簡単に認証できないようにわざと面倒な設定にしたのだろうが、それらの名前がケリーにとってどんな意味を持つか知っているだけに、ジャスミンは息を呑《の》んだのだ。

ケリーは眼にも止まらぬ速さで十一人分の名前と認識番号を打ち込み、さらにこう記した。

『マルゴ・エヴァンス一等軍曹認識番号K４０４５。ケリー・エヴァンス三等軍曹認識番号K７６５３。認証完了。強制停止実行』

その瞬間だった。

内線画面からダイアナの顔が消えて無地になり、代わりに無機質な機械の声が言ったのである。

「本船の感応頭脳は緊急停止しました。非常態勢に移行します」

その言葉が終わるまでのわずかな間が勝負だった。

ケリーは神業《かみわざ》のような手腕で大幅な減速を掛け、進路を変更したが、それが精一杯だった。

短い機械の声が途絶えると同時に操縦が不可能になったのである。

それだけではない。推進機関も停止した。通信も不能になった。

生命維持装置は無事に働いている。船内の加重も効いているが、それだけだ。

自分の意思で稼働中だった《パラス・アテナ》は一瞬で、宇宙を漂《ただよ》う単なる物体と化したのだ。

航行中の船の感応頭脳を無理やり停止させた以上、当然の結果だった。

こうなると中の人間には為《な》す術《すべ》がない。

感応頭脳が復帰しなければ何もできない。

操縦室はしんと静まりかえっている。空調がまだ生きているのが不思議なくらいの静寂だった。

その恐ろしいほどの静けさの中にたたずんでいたジャスミンは何かを憚《はばか》るように声を発した。

「……助かったのか」

「とりあえずはな」

ケリーは苦りきった息を吐いていた。

咄嗟に進路をそらしたものの、自分の船がどこに向かっているかを計算して、ケリーは再び呻いた。

現在の軌道と速度で進むと、おおよそ十日後には第二惑星に衝突することになる。

太陽を避けるのが精一杯で、細かい軌道計算までしていられなかったのだ。

一難去ってまた一難である。

ジャスミンも同じ計算結果に達して、厳しい顔になっていた。しかし、あの状況では、もっとましな避け方をしたらどうだとはさすがに言えなかった。

船の操縦系統がダイアナの支配から切り離され、感応頭脳を失った船が仮死状態に陥るまでのほんの数秒の間にケリーは衝突を回避したのである。

電光石火の早業だったが、その代わり《パラス・アテナ》は本格的に遭難してしまったわけだ。

こんな時、普通の船なら即座に感応頭脳の点検に取りかかる。異常箇所を検索し、原因を取り除き、必要なら変更を加え、再び使えるように調整するが、それは誰にでもできることではない。専門家のみが可能にしている仕事なのだ。

この船には感応頭脳技師など乗船していない。

仮に乗船していたとしてもダイアナの再調整など、どんな技師にも不可能だ。

それをよく知っているジャスミンは肩をすくめ、笑い飛ばすような軽い口調で言った。

「せっかく蒸発をまぬがれたのにな。わたしたちは惑星に激突して粉々になるのか」

「その前に救助が来るさ」

「さっきの通信文か？」

「ああ」

誰に宛てたものか、夫が誰に助けを求めたのか、ジャスミンには何となくわかるような気がした。

確かめるつもりで訊いてみた。

「クレイドに宛てたものではないんだろう？」

「当たり前だ。それじゃ何の意味もない」

目と鼻の先に人間が住んでいる星があるのだから、

普通ならそこに助けを求めるのが当然である。

だが、彼らではだめだ。

《パラス・アテナ》を真に救うためにはどうしてもダイアナを復帰させなければならないのに、それはクレイドの人間には決してできないことだからだ。

いや、復帰させるだけなら簡単である。ケリーはダイアナを一時的に停止させただけなのだ。今度は『眼を覚ませ』という手順を打ち込んでやればいい。

しかし、眼を覚ましたダイアナがもう一度太陽に突っ込むと言い張ったのでは意味がない。

つまりはいったい誰ならあそこまで酔っぱらったダイアナを正常に戻せるかという問題になるのだが、念を押すようにジャスミンは訊いた。

「おまえ、今でも頭脳室には入らないのか？」

「ああ、それはやらない約束だ」

こんな状況だというのにケリーは笑っていた。

「あいつはもともと規格外の感応頭脳だ。俺が見たところでどうなるもんでもない。第一、今頭脳室に忍び込んだら俺はあいつの寝込みを襲うことになる。そんな趣味はねえよ」

ジャスミンも笑って夫を促した。

「わかった。とりあえず食事にしないか？」

十日後には木っ端微塵《こばみじん》になるとわかっていようが、腹は減るのである。

ケリーも頷いて立ち上がった。

「賛成だ。腹が減っては何とやらだからな」

「食料庫の扉はちゃんと開くんだろうな？」

「空調がまだ生きてるからな。開くと思うぜ。ただ、ダイアンがこの有様だ。調理人がいない」

「任せろ。サバイバル料理なら得意だ」

ケリーが大げさに肩をすくめた。妻の手料理とはありがたいが、どんなものを食べさせられるのかと心配する顔だった。

非常灯が灯る船内を歩いて食料庫にたどり着き、二人は簡単に食べられそうな食材を取り出した。

船は仮死状態でも、空調や調理器といった人間の生命維持に関わる部分は生きている。

肉と野菜を中心にジャスミンは味より量の料理を完成させて、夫と差し向かいで食べながら訊いた。

「あの天使ならダイアナを何とかできるのか？」

「たぶんな」

「たぶん？」

はなはだ心許《もと》ない答えである。

ケリー自身、確たる自信があってやったわけではないのだ。ただ、誰かに救助を求めなければならず、自分たちを本当の意味で助けてくれるのはただ一人、あの天使だけだと直感的に思ったのである。

五百グラムはあるステーキというより肉の塊《かたまり》を切りわけながら、ケリーは言った。

「あんたも知ってるだろうが、ダイアンは稼働していること自体が奇跡の産物みたいなもんだ。どんな感応頭脳技師に見せたところで、まともな手段では修正も再調整もできない。だったら、まともでない手段を当てにするしかない」

ジャスミンは半ば呆《あき》れたような、からかうような眼で夫を見た。

「ずいぶんあの天使を信頼しているんだな」

ケリーもおもしろそうな眼で妻を見た。

「妬《や》いてるのか？」

「いいや」

即座に否定して、ジャスミンはちょっと考えた。

「いや、そうだな。妬いているのかもしれないな」

「はん？」

「おまえがあの天使を好きなのはよくわかってる。恋愛関係にあるとしても別にいいんだ。ただ――」

「そこまで驚異的な物わかりの良さを発揮《はっき》するなよ。――何だ？」

「あの天使はわたしの知らないおまえを知っている。そう、その点が問題なんだ。妬いているというより、羨《うらや》ましいのかもしれないな」

「そりゃあ俺に黙って四十年も寝るあんたが悪い」

「いつまでもこだわる男だな。好きで寝たわけではないんだぞ」

とても遭難中とは思えないくらい和気藹々《あいあい》とした食事風景だった。

同じ頃、連邦大学サフノスク校生のルーファス・ラヴィーは寮の自室の端末に届いた手紙を開いて、きょとんとした顔になっていた。

たった一行、

『助けてくれ、天使』

それだけが記された通信文だったからである。

他には何もない。

発信人の名前はおろか、どこからの発信なのかも記されていない。

無論これが誰からの通信なのか、ルウにはすぐにわかったが、問題はそこではない。

ルウは青い眼を丸くして茫然《ぼうぜん》と呟いた。

「助けてくれって言われても——キング。あなた今どこにいるの?」

4

ルウはついさっき下の食堂で夕飯を摂り、課題を抱えて部屋に戻ってきたところだった。

提出期限の間近い課題だが、それはひとまず横に押しやって、端末の前に腰を下ろした。

航行中の船から通信文が発信された場合、普通はその船の現在地情報が添付されている。

すぐに移動してしまうとしても、受け取った側に、今はどの辺りにいると知らせる意味があるからだが、あの船は本を正せば由緒正しい海賊船である。

居場所を知られるのはありがたくないのだろう。

だから現在地を教えない、船籍さえ明記しない、逆探知もできないような形式にしてあるのだろうが、これで助けてくれと言われても困ってしまう。

ルウはまず彼に連絡を取ろうとしてみた。

どんな辺境を飛んでいてもすぐにつながるように最高速通信で呼びかけてみたが、つながらない。

何度試してみても応答がない。

やはり何かが起きたのだ。

今度は机の引き出しから得意の絵札を取りだした。

普通の人間にとって占いの道具にすぎないそれも、ルウが手にすれば立派な情報源となる。

どのくらいよく当たるかと言えば、注目を集めることを警戒して滅多に人前ではやらないようにしているくらいなのだが、目指す人の居場所をつきとめようとしたルウはすぐに諦めて首を振った。

『都心の南、都会から遠く離れた緑の土地、豪奢《ごうしゃ》と質素《しっそ》、虚栄と堅実、従属と自由……』

そんな言葉を示す絵札が並んだからである。

前半は中央座標から見て南方宙域の惑星、それもかなりの辺境に位置する星という意味だろう。

相反する言葉が並ぶのは、自然の豊かさの中にも贅沢に耽る部分と不便な生活が共存しているという意味だろうが、そんな惑星は山ほどある。

絵札は嘘《うそ》をつかないが、それを正確に読み取れる能力と知識がなければ何にもならないのだ。

「もっと真面目に地理を勉強すればよかった」

呟《つぶや》いて、他の心当たりを当たってみることにした。

あり得ないだろうなと思いながらも、一応は彼の息子に連絡を取ってみた。

ダン・マクスウェルは辺境宙域に掛けては一番の腕利きとして知られている船長である。

彼の船《ピグマリオンⅡ》は改装を終えて、今は試運転に出ている。

この船の船籍はわかっているから連絡を取ると、ルウにとっても馴染みの顔が現れた。

「こんにちは、ジャンク」

四十絡《がら》みの相手は最初きょとんと眼を見開いて、相手が誰かわかって破顔した。

「ルウ！　驚いたな、おまえかよ」

「そうだよ。元気？」

「おうよ。年は取ったがな。おまえは男に戻ってもちっとも老けねえなあ」

こういうことをずばずば言う人間は貴重である。

ルウは笑いながら『ダンに変わってくれる？』と持ちかけた。

やがて画面に現れたダンは単刀直入に訊いてきた。

「何だ？」

「キングがどこにいるか知らない？」

「知らん」

彼の名前を出すとダンは途端に不機嫌になる。

自分より十いくつも若い父親だから無理もないが、その人のことは気にはなるらしい。

「彼がどうかしたのか？」

「別に？　ただ、どこかへ出かけてるみたいだから、もしかしたらそっちに行ったのかなと思って」

ダンは舌打ちした。

「そんなことでいちいち連絡してくるな」

言い終わった時には既に通信を切っている。

当てにはしていなかったが、見事な空振りだった。

ルウは次の心当たりがどこにいるかを再度占った。

今度の絵札は読み違いようがなかった。

『総本山』と出たからである。

その人にとっての総本山と言ったら決まっている。

ルウはアドミラルのクーア財閥本社に連絡を取り、アレクサンダー・ジェファーソンを呼び出した。

役職が役職だけにもちろんすぐにはつながらない。

秘書だという女性が現れて丁寧《ていねい》に訊いてきた。

「お約束はおありですか？」

「ありませんけど、連邦大学のルウからだと伝えてください。そうしたら必ず出てくれるはずだから」

その通りになった。

「やあ、ルウ。どうしたんだ？」

「忙しいところをごめんね。ケリーとジャスミンがどこにいるか知らない？」

アレクサンダーの顔色が変わった。

「ジャスミンに何かあったのか？」

今や押しも押されもせぬクーア財閥の重鎮《じゅうちん》だというのに、ジャスミン絡みとなると、アレクサンダーはいつも抑えが効かなくなる。

ルウもそれを知っているから笑って首を振った。

「たいしたことじゃないんだ。こっちの家を留守にしているから、そこかなと思っただけなんだよ」

「いや？　この間ここへ来たのは確かだが、すぐに帰ったよ。これから閣下に会うんだと言っていた」

「閣下？」

「マヌエル一世のことだよ。あの人はジャスミンの昔なじみだからね」

「そう、ありがとう」

となると次は連邦へ行ってみなければなるまい。

非常事態なら力を解放して一瞬で跳べるのだが、あの彼が『助けてくれ』というからには非常事態に違いないのだが、それは本当に最後の手段である。

まずは普通に行かなければならない。

サンデナン大陸は既に夜だったが、ルウは今から一番早く行ける連邦行きの便を予約して寮を出た。

共和宇宙連邦が設立されたのは今から二百年以上前、標準暦七八三年のことである。

その頃には既に宇宙の各地に人間が暮らしており、独立した国家を持っていた。それらの国々の連絡を密にし、協調を計り、各国間で紛争が勃発《ぼっぱつ》するのを回避するための組織として誕生したものだ。

当初の加盟国は少なく、二十国に満たなかったが、今ではその十倍以上になる。

ショウ駆動機関《ドライヴ》の普及以来、人は以前にも増して遠い宇宙に進出し、次々に新しい国家を打ち立てた。

自力でやっていけるようになるまで連邦に援助を求める国もある。現在、加盟申請中の新興国もある。あくまで共和宇宙の繁栄《はんえい》と平和を願う組織だから実体のある国家とは違うが、常設の連邦軍を持っている。これに匹敵する軍備を持つのは共和宇宙でもごく少数の強国のみだ。

その連邦の中心が惑星セントラルである。

二百年前に小さな本部が置かれたこの星は、今や人口十億を越す大都会となり、文字通り共和宇宙の秩序と安定のために機能している。

しかし、時には内政に干渉することもあるため、テロの危険も常につきまとう。

従って警備態勢も万全だった。

惑星セントラルへの入国自体、相当厳重な審査を受けなければならないが、そのセントラルの中でも『シティ』と呼ばれる都市は連邦議事堂や主席官邸、連邦委員会本部、連邦警察本部などが集中しており、この街へ入るための審査は宇宙一厳しい。

毎日何千人という訪問者があるのに、それらの人たちの生まれ故郷に一瞬で個体情報が送られ、公的機関に名前が残っていれば残らず照合されてしまう。

出身や経歴はもちろん、転居の記録や仕事の内容、さらには逮捕歴まで明らかにされてしまう。

一部の人々から人権侵害だという非難の声が出ているくらいの厳しさなのだ。

もっとも、その徹底した審査のおかげでシティは宇宙一安全な街でもあった。この街で泥棒や喧嘩《けんか》を働く愚か者はまずいない。市内は上空の監視衛星が見守り、大勢の警察官が巡回しているからだ。

何かしようものならほんの数分も立たないうちに御用となる。

共和宇宙連邦主席マヌエル・シルベスタン三世はその日も分刻みの予定を抱えていた。

加盟国も二百を越える大所帯となると常に宇宙のどこかで何かが起きていると言っていい。

内乱の勃発する危険をはらんでいる国、指導者の独裁が懸念《けねん》される国、長年の確執から互いに戦争の準備を整えているという両国など、解決しなければならない問題は山ほどある。

加えて、今はマース絡みで頭が痛い。

エストリア大使との懇談《こんだん》を終え、他にいくつかの予定をこなした主席は、書類の山を片づけるために執務室に戻った。

そこへ入るには秘書室を通り過ぎることになるが、その際、秘書の一人が何気なく声を掛けてきた。

「筆頭補佐官がお待ちです」

「ああ、ありがとう」

時間が空くのを待って何か相談しに来たのだろう。そんなことは珍しくなかったから、三世は適当に返事をして職場に入った。

報道番組などで頻繁《ひんぱん》に登場する有名な部屋だ。

主席が座る立派な机と背後の大きな窓が目立ち、番組の画面にはほとんどこの部分しか映らないが、正面には数人が腰を下ろせる応接用の家具がある。

部屋の中には秘書の言ったとおり、筆頭補佐官のジョージ・ブラッグスが待っていた。

座るところはいくつもあるのに何故か立ったままだった。しかも三世を見たその顔色が非常に悪い。

単に体調が悪いという顔つきではない。

大仰に言えば背中を銃口で狙われているような、今にも殺されそうな顔だったので、三世も驚いた。

どうしたのかと尋ねようとした時、三世もそれに気がついた。

奥の長椅子に誰かが座っている。

筆頭補佐官が立っているのに不遜にも悠然《ゆうぜん》と腰を下ろしている。

まだ若い男だった。やっと二十歳くらいに見える。三世は訝《いぶか》しげな顔になった。

見知らぬ人間が何故ここにいるのかと思ったのと、どこかで見たようなと思ったのが同時だった。

それが誰であったか思い出した時、三世の顔から音を立てて血の気が引いた。

冗談抜きに心臓が身体から飛び出しそうになった。

補佐官を置き去りにしてその場から逃げ出そうとした自分の足を、三世は懸命に押しとどめなければならなかったのである。

相手のほうはそんな衝撃にはおかまいなしだった。

にっこり笑って話しかけてきた。

「こんにちは」

三世は大きく喘《あえ》いだ。

一目でわからなかったのも無理はない。

あまりにも印象が違っている。

床で渦《うず》を巻くほど長く広がっていた黒い髪は今は背中で束ねられている。

足首までを覆《おお》い隠していた黒いローブの代わりに、ゆったりと頭から被るシャツに黒のスラックスと、どこにでもいる若者のような服装をしている。

しかし、その美しく恐ろしい顔は変わらない。

三世は遠のきそうになった意識を死にもの狂いで繋《つな》ぎ止め、なけなしの権威をかき集めて襟《えり》を正すと、声が震えないように努めながら言った。

「……お久しぶりです」

「この間会ったばかりなのに？」

わかっている。そんなことはわかっているのだ。

頼むからこっちの心境を少しは察してくれと声に

ならない悲鳴を上げながら三世はぎこちなく動いて、少しその人に近づいた。

　それだけでも死刑台に上るような心境だったが、何度かためらった後、慎重に言葉を発した。

「その……ですな。黒い天使」

「なあに？」

「あなたのお越しでしたらいつでも歓迎致しますが、せめてその——普通にいらしていただけませんか」

「普通に歩いて正面玄関から入ったよ。別に魔法は使ってない」

　三世は呆気《あっけ》にとられた。

　それでは不法侵入者である。

　そんな馬鹿なことはあり得ない。許可を持たない者が主席官邸に入れるわけがないのだ。

　ルウは筆頭補佐官を見ながら、笑って言った。

「ここ、見学ツアーやってるでしょ。その人たちと一緒に中に入って、ちょうどその人を見つけたから、ここまで連れてきてもらった」

　筆頭補佐官が眼だけで弁明し、救いを求めている。決して自分の意思ではないと言いたげな顔だ。

　三世も眼だけで、責めるつもりはないとなだめた。それどころか気の毒にと心から同情した。どこで出くわしたにせよ、よくまあ卒倒しなかったものだ。

「それで、今日は、何の御用で？」

「あなたのおじいさんと話がしたい」

「祖父に？」

「そう。悪いけど呼び出してくれるかな」

　全然悪いと思っていない口調だった。少なくとも三世にはそう感じられた。

　自分だけならまだしも祖父に危害を加えられては大変だと思った。昔は有能な政治家でも今は無力な老人なのだ。

　自分が守らなくてはという使命感に燃えた三世は俄然《がぜん》胸を張り、少しばかり表情を険しくして言った。

「理由を聞かせていただきたい」

「そんなに恐い顔しなくても、何もしないよ。話がしたいだけ。だけどおじいさんは無人島に隠れてて、なかなか連絡できない。だったらあなたに紹介してもらうのが手っ取り早い」

「しかし……」

「早くして。急いでるんだ」

相手は有無を言わせなかった。

三世はそれでもまだ躊躇《ちゅうちょ》したが、宝石のような青い眼はまっすぐ三世を見つめている。

睨《にら》みつけているわけでも強要するわけでもない。至って穏やかな視線なのだが、三世は背中に冷や汗が伝うのを感じて慌てて眼をそらした。

「ブラッグス。ご苦労だった。下がってくれ」

「は……」

半ばほっとしたように、また半ば心配そうな顔の筆頭補佐官が退室すると、三世は秘書を呼び出して不承不承命じた。

「島につないでくれ」

彼の秘書にはこれだけで意味が通じる。

ややあって、通信端末にいかにも好々爺《こうこうや》然とした老人の顔が映った。相手を見て、笑って言った。

「仕事中だろう。三世。また何か相談ごとかね？」

「それが、その、実は……」

しどろもどろの三世を横に押しのけるようにして、ルウが端末に笑いかけた。

「初めまして。よかった。ようやくお会いできた」

知らない相手に突然挨拶された一世はきょとんとなった。

「どなたでしたかな？」

「それはお孫さんに聞いてくれる？」

その『お孫さん』は、追いつめられた苦しそうな顔をしながらも何とか声を絞り出した。

「おじいさん。こちらはその……ボンジュイの黒い天使です」

「普通の名前はルーファス・ラヴィー。よろしくね、マヌエル一世」

先日の事件はもちろん孫から聞いていたのだろう。

一世も声を失ったが、さすがにこの人はかつては共和宇宙中にそれと知られた名政治家だった。

頭を下げると、丁重な口調で話しかけた。

「こちらこそ、よろしくお願い致します。ミスタ・ラヴィー。わたしに何か御用でしょうか？」

「ケリーとジャスミンがどこにいるか知らない？」

思いがけない人の口から思いがけない人の名前を聞かされた一世は訝しそうな顔になったが、すぐに笑顔で頷《うなず》いた。

「お二人に御用でしたら船に連絡を取ってみるのがよいかと思います。連絡先をお教えしましょう」

「それなら知ってる。通じないから聞いてるんだ。二人とも船ごと行方不明なんだよ」

この言葉は一世にとって青天の霹靂《へきれき》だったらしい。

驚愕《きょうがく》の表情で身を乗り出してきた。

「何とおっしゃいました？」

「あの人たちはあなたに会いに行ったはず。その時、何を話したのか聞かせてくれませんか？」

一世の自制心はさすがだった。大きな驚きに顔を強《こわ》ばらせながらも余計な質問はいっさいしなかった。

先日の二人との会話を順序立てて話し、個人的に調べて欲しいと頼んだことも打ち明けた。

ルウも注意深く耳を傾けていた。時折質問も交え、極めて短い時間で状況を理解して首を捻《ひね》った。

「つまりミイラ取りがミイラになった？」

「しかし、まさかミスタ・クーアが……わたしには到底信じられません」

「ぼくだってそうだよ。彼に限ってと思うけど——現実に連絡が取れない」

「ミスタ・ラヴィー」

一世は緊張と困惑の中にも疑問を感じたようで、慎重に問いかけてきた。

「失礼ですが、ミスタ・クーアとはどういうお知り合いでいらっしゃいますかな？」

「それは彼が戻ってきたら直接聞いて。——どうもありがとう。助かりました」

「とんでもない。——して、どうなさいます?」

「クレイドへ行ってみる。何かあったことは間違いなさそうだからね」

ルウは三世を振り返った。

「クレイドで起きた事故について知りたいんだけど、どこへ行けば詳しく教えてくれるかな?」

「それでしたら……情報局でしょう」

「軍部じゃないの?」

「いえ……」

言葉を濁《にご》した三世だった。

「クレイド自体は単なる地方惑星ですが、あそこはマースのお膝元《ひざもと》ですので」

情報局の管轄になっているというわけだ。

画面の奥から一世も真剣な口調で孫に話しかけた。

「この方にできる限り便宜を図ってさしあげなさい。ミスタ・クーアまで巻き込まれたとなるといよいよもってただの事故ではないぞ」

「わかっています。連邦としてもマース側に事情を問い合わせているのですが、困ったことに彼らにも正確な事態が把握できていないようなのです」

苦い表情で祖父に断り、三世はルウを見た。

「こちらでしばらくお待ちください。すぐ担当者を呼びますから」

ルウは首を振った。

連邦情報局なら知っている。目と鼻の先の建物だ。

「自分で行くからいいよ。長官に面会できるように紹介状か何か書いてくれる?」

三世はぐっと詰まった。

こんなものを情報局に送ってもいいものかどうか迷ったのだが、どのみち他に選択肢はないのだ。

机の引き出しに手を掛け、諦《あきら》めたように言った。

「お手を拝借できますか」

「こう?」

ルウはあっさり右手を差し出した。

間近でその手を見た三世は思わずどきりとした。

真っ白な手だった。手の甲はふっくらとして指はほっそりと長く形よく、指先だけがほんのりと紅《あか》い。

女性の手のようだった。

三世は机の中から取りだした印章を調整すると、その手の甲に押し当てたのである。

しかし、手の甲には何も残っていない。

ルウは自分の手をかざして言った。

「なあに、これ？」

「非公式の認証です。いわば紹介状の替わりですな。それで局内に入れます」

「何か特別な光に反応して文字が出るんだ？」

「はい。手紙の類《たぐい》は、わたしがそれを渡した人物と持参した人物とが間違いなく同一人物であるという保証がありませんので。このほうが確実です」

「このシティでもそんなことが起きるの？」

「今まではありませんが、念のためです。この印はおよそ十時間で消えますし、わたしからも向こうに話を通しておきますから」

ルウはしかし、動こうとはしなかった。

何かを促《うなが》すようにじっと三世を見つめている。

さすがにその意味に気づかないほど三世も鈍くはなかった。

祖父との回線を維持したまま、あらためて秘書に命じた。

「情報局長官につないでくれ」

相手が通信に出ると、三世は共和宇宙連邦主席としての威厳を最大限に利用して、クレイドの事件に関する資料をすべて揃《そろ》えるようにと命じたのである。

相手も余計なことは尋ねてこなかった。

ただ確認を取ってきた。

「全資料をですか？」

「そうだ」

「マースに関する部分も含めて？」

「そのとおりだ。今から——客人が受け取りに行く。渡してさしあげろ」

「誰です？」

「見ればわかる」

三世は情報局長官の心中を慮《おもんばか》り、『許せよ』と声に出さずに謝った。誰が行くかは言えない。もし言ったら彼は間違いなく逃げ出してしまうだろう。

通信を切った三世は、これでいいかというような視線を相手に向けた。

ルウは本当に天使のように微笑んで頭を下げた。

「いろいろとありがとう。——お邪魔しました」

その人が部屋から出て行くのを見送って、三世は馴染みの椅子に座り込むと、ようやく大きな安堵《あんど》の息を吐いたのである。

内線画面では、まだ通信がつながっていた一世が不思議そうに首を傾げていた。

「あれが噂《うわさ》の破壊の天使かね。おまえの話と違って、ずいぶんと可愛らしいお人じゃないか」

「……騙《だま》されないでください」

額《ひたい》の汗を拭《ぬぐ》いながら三世は喘いだ。

三世は無神論者で神も悪魔も信じない。

しかし、悪魔は時に魅力的な者の姿を借りて人を惑わせる。

昔何かで読んだそんな雑文をいやでも思い出した。

主席官邸を出たルウはその足で情報局に向かった。

外見も華やかな官邸と違って、こちらは一見したところ何の変哲もない地味な建物である。

だが、連邦の安全保障に関わっている機関だけに、その普通さが却《かえ》って不気味な感すら与えている。

それを裏付けるように入口はいやに狭く、受付に座っている受付嬢もとことん無愛想で目つきが鋭い。

どうにも近寄りがたい雰囲気だが、ルウは至って気楽に乗り込み、その受付嬢に手を差し出しながら笑って言った。

「長官に会いに来たんですけど」

これでは立派な不審人物だが、受付嬢はびくともしなかった。

無表情のまま、黙って自分の座る机の前を示した。見ると、ちょうど掌《てのひら》を差し込める程度の窪《くぼ》みが開いている。ルウはそこに手を突っ込んだ。

　こちら側からは見えないが、受付嬢には手の甲に捺《お》された情報が読み取れる仕組みなのだろう。

　主席のスタンプの威力は大したもので、受付嬢はがらりと態度を変え、恭《うやうや》しく言ってきた。

「確かに承っております。お待ちください」

　待つほどのこともなかった。すぐに案内係が来て、ルウは長官の部屋まで通されたのである。

　だが、その客人を前にしたアダム・ヴェラーレン情報局長官の驚愕は主席の比ではなかった。

　ルウが部屋に入って行った時、長官は机について何やら仕事中だったが、相手が誰だかわかった途端、顔面蒼白となり、短い髪の毛が一本残らず逆立った。

　立ち上がる代わりに椅子から転がり落ち、尻餅《しりもち》をついたまま床を這《は》いずって、その客人から少しでも離れようと逃げながら絶叫した。

「く、く、来るな!!」

「行かない」

　言われたことには律儀《りちぎ》に答えるルウである。

　腰が抜けてしまったらしい長官をなだめるように、にっこり笑って話しかけた。

「こっちの訊くことにちゃんと答えてくれればね。近づいたりしないよ」

　言い換えれば、ちゃんと答えないと近づくという意味である。ヴェラーレン長官にとってそれは銃で撃たれるより恐怖を感じることだった。

「お願いした資料は？」

　長官は尻餅状態からかろうじて膝立ちになると、机の陰に隠れながら記録媒体を投げて寄越した。

「そ、それを持ってとっとと出て行け！」

　言葉こそ命令だが、実は必死の嘆願である。

　記録媒体を拾いあげたルウはその嘆願を無視して穏やかに問いかけた。

「クレイドで何が起きてるの？」

「知らん！」

「あなた、仮にも連邦情報局長官でしょう。マース合衆国の動きについて本当に知らないの？」

「そ、そこに記録してある！」

「全部？」

「そうだ！」

「合衆国で活動中の諜報員の名前と顔写真も？」

「そ――！」

長官は言葉に詰まった。その表情は真剣なのだが、何しろ机の向こうに膝立ちになって両手で机の端に掴まり、眼から上だけでこちらを窺《うかが》っているという、子どもがかくれんぼをしているような姿勢である。

「主席は全部の資料って言ったでしょ？」

真面目に訊きながらも、実のところルウは長官のその格好を見て、

（おもしろいなあ……）

と他人事《ひとごと》のように考えていたのである。

机の端を握る長官の手に力が籠《こ》もった。

「人数は――記してある。その潜入先もだ。しかし、本名と顔写真は……」


それを外部に知られることは諜報員の存在意義がなくなってしまうことを意味する。

ルウは質問を変えた。

「合衆国には今、何人の諜報員が入ってるの？」

「末端構成員まで含めれば、およそ百二十人だ」

「それだけの人たちが調べても、この事故の原因とマース合衆国との関係がわからないの？」

「そうだ」

「そういうの、お給料泥棒って言わない？」

「――――！」

さすがに長官は奮然と立ち上がった。

しかし、相手の青い眼を正面から捕らえることは到底できずに眼をそらした。

それを迂闊《うかつ》に覗《のぞ》き込んでしまったら、また地獄を見ることになる。

それをいやと言うほど知っている長官は注意深く眼を背《そむ》けながら、低く言った。

「最近マースで目立つ宇宙関係の動きと言えば――

新型戦艦の建造くらいだ」

「戦艦？」

「そうだ。それも順調とは言いがたい。頓挫《とんざ》寸前だ。それならそこに詳しく記した。しかし、誘導装置の開発は——主席にも促されたが、そんな動きはない。どう調査しても出てこない」

信用してもよさそうだった。

ルウは笑って言った。

「どうもありがとう。——これ、もらってくけど、返しに来たほうがいい？」

「二度と来るな!!」

即答するその気持ちは痛いほどよくわかるのだが、あいにくそうもいかない。

ルウは少しばかり気の毒そうな口調で言った。

「申し訳ないけど、それは約束できないよ。ここに用事ができたらまた来ることになるもの」

ヴェラーレン長官はさながら絞め殺される寸前の家畜のような表情になった。

「大丈夫。そんなに警戒しなくても用事がなければ来たりしないから。——お邪魔しました」

情報局を出たルウは、やはりシティ内にある連邦図書館に向かった。

個人席を借りて、渡された情報を調べてみる。

事故に関して言うなら、一つ一つのそれは確かに規模も小さく、ほんのちょっとした異常に過ぎない。

故障自体もすぐに直ったのだから、端から見れば騒ぐほどのことではないと思われるのも無理はない。

だが、ルウは宇宙船をよく知っている。

だからわかる。

この事故はどれもこれも非常に不可解だ。

あの二人が興味を持ったのも頷けるが、キング・オブ・パイレーツと呼ばれる彼の技倆と、あの感応頭脳とが揃っていながら——しかも彼らは何かあることを予想し、充分警戒もしていたはずなのに——まんまと遭難するとはとても信じられなかった。

マース側に関する情報としては確かに新型戦艦の

建造が報告されている。中でも最新型の軍用頭脳の開発に特に力を入れているらしい。

と言っても、それもまだ研究開発段階で実用化は遠いと記されている。

そこまで読んで、ルウは少し考えた。

結局、事故のはっきりした原因は不明である。

今の時点では、二人がクレイドに向かったことがわかっただけでも上出来だ。

後は現地へ行って、もう一度絵札を使ってみれば、詳しい居場所もわかるはずだった。

提出期限の迫っている課題だけが問題だったが、それは最悪、追試を受ければ済むことだ。

友達の命より大事な宿題などないからである。

ルウは図書館の端末から、セントラル発クレイド行きの便を調べてみた。この路線には直行便というものは存在しない。どうしてもマースで乗り換えることになるからだ。

マース行きの便は頻繁にエルパストトス宇宙港から出ているが、問題はそこから先だった。

《門《ゲート》》の状態や混み具合でどのくらい待たされることになるのか、行ってみなければわからない。

早速マース行きの便を予約し、時間を確かめて、ルウは連邦大学惑星に連絡を取った。

サンデナン南岸はそろそろ夕食の時間である。

今なら寮にいるだろうと思ったのだ。

運良くすぐに本人が出た。その相手はルウが今日、学校を休んだことを知っていたらしい。

呆《あき》れたように訊いてきた。

「今どこにいるんだ？」

「セントラルだよ。ちょっと出かけてくる」

「どこへ？」

「クレイドっていう星」

相手は意外そうに緑の眼を見張った。

「クレイドに、今から？」

「うん」

「だったらちょうどいい。向こうで会おう」

「えっ?」

「おれたちも今からそこへ出発するところなんだよ。荷物をまとめに帰ってきたところなんだ。しばらく留守にするって言おうとしたんだけど、全然連絡がつかないから伝言を入れといた」

ルウの眼もまん丸になってしまった。

慌てて問い返した。

「ちょっと待って。きみたち?」

「そう。おれとシェラは課外授業に、ジェームスはヴェルナールの仲間たちと一緒に重力波エンジンを体験しにだったかな。まずマース合衆国まで行って、そこから《門》《ゲート》を跳ぶんだって。おれも《門》《ゲート》を跳ぶのは初めてだし、シェラも楽しみにしてるんだ。

——どの便で行くんだ?」

ルウは呆気にとられた。それでも予約した便名を律儀に告げると、相手は笑って頷いた。

「だったら、こっちのほうが早く向こうに着くな。滞在先を言おうか?」

ルウが黙っているのを承諾したものと取ったのか、相手は一方的にクレイドの住所を告げると、後ろを気にするように振り返った。

誰かが集合を掛けているらしい。どうやら、この体験学習は他にも大勢の生徒が一緒のようだった。

「じゃあな、クレイドで待ってる」

慌ただしい通信が切られた後、ルウは茫然《ぼうぜん》と天を仰いだのである。

「面倒なことにならなきゃいいけど……」

あいにく、ルウがこう思う時はいつも極めつきに面倒なことになるのだった。

5

漂流生活は既に九日目に入っていた。

クレイド第二惑星がどんどん近づいている。

操縦室のスクリーンから肉眼ではっきりと地表を確認できるほどだ。

慣性で流されているだけとは言え、現在の速度は時速約八万キロメートルに達する。

地表に激突すればひとたまりもない。

ケリーは難しい顔で第二惑星を睨《にら》みつけていた。

あの手紙を受け取れば、彼の天使は即座に行動を開始するとケリーは信じて疑わなかった。

未だに姿を見せない原因として考えられることは、まず第一に《門《ゲート》》である。

何らかの事情で通行止めになっているとしたら、これぱかりはあの天使にもどうにもできない。

第二に、捜索に入ったものの、漂流中のこの船を見つけられないでいるのかもしれなかった。

宇宙に漂《ただよ》う一隻の宇宙船を見つけるのは砂の中の針を見つけるにも等しい困難な作業である。

まして、今の《パラス・アテナ》は現在置表示も緊急信号も出せないでいるのだ。

いつの間にか後ろに来ていたジャスミンが言った。

「この間のように魔法でぱっと出て来てくれるかと思ったんだが、そう都合よくはいかないか」

「無茶を言うなよ」

ケリーは苦笑した。

「魔法《あれ》には使用制限があるのさ。第一あんなものは使わないですむならそれに越したことはない」

「では、あの天使は宇宙船で救助に来るのか？」

「普通はそうだろう。心配するな。あいつはあれで案外器用なんだぜ。操縦も無難にこなすんだ」

ジャスミンは肩をすくめた。

とても想像できないと言いたげな顔だった。

「まあいいか。――時間だぞ。つきあってくれ」

「熱心だな、あんたも」

苦笑しながらケリーも立ち上がった。

二人が向かったのは船内の訓練場だった。

ちょっとした体育館くらいの広さがあり、様々な運動用の器具が置いてある。

長期の航海をする船にはたいていこうした設備がつくられているが、娯楽のためではない。

体力の維持は船乗りの最低限の義務だからだ。

漂流生活が始まってから、ケリーとジャスミンは一日二時間程度は必ずここで汗を流していた。

特に運動用器具の中にロッドがあるのを見つけて、ジャスミンは最初、不思議そうに言ったものだ。

「どうしてこんなものが置いてあるんだ。一人では鍛《きた》えようもないものだろうに」

「一人で鍛錬《たんれん》できないってことはないだろう。型をさらうだけでも結構いい訓練になる」

「型？」

「ああ。連邦軍ではやらなかったのか？　俺たちは反射神経を鍛える基本の運動として習ったんだがな。それに相手がいないってことはないぜ。ダイアンの操る自動機械を一度に三体相手にすれば結構手強い。機械なだけに速いし、予想できない動きをするからむしろ冷や汗ものだが、訓練にはちょうどいい」

ここまで聞いたジャスミンは爛々《らんらん》と眼を輝かせて身を乗り出した。

「つまり、おまえ、ロッドが得意なのか？」

「昔取った杵柄《きねづか》ってやつだ。得意とは言えないが、連邦軍の訓練で申し訳程度に習う棒術よりは遥《はる》かにましだと思うぜ」

「相手をしてくれ！」

その勢いに思わずのけぞったケリーだった。

話を聞いてみると、あの天使の相棒である少年に、ロッドで負けたのが悔しかったらしい。

鍛え直して雪辱戦を挑むというのだが、ケリーは呆《あき》れて言ったものだ。

「別に張り合う必要もないだろう。この武器はあの金色狼の得意分野なんだ。それだけだ。射撃や操縦技術に関してはあんたのほうが断然上だぞ」

「そうはいかない。負けは負けだ」

赤い髪の女王は頑固《がんこ》に言い募った。

言うと思ったので、ケリーも諦《あきら》めて立ち合ったが、ジャスミンの腕前は（半ば予想していたが）決してなまくらなものではなかった。

それどころか恐ろしく強い。

これを楽にあしらったというのだから、それこそ驚きである。

ケリーにとっても生身の練習相手と戦うのは――それもこんなに手強い相手は久しぶりだった。

漂流中の身では時間だけはたっぷりある。

そんなふうにして、この九日間、彼らは意外にも実に規則正しく生活していた。

四十年という空白《ブランク》はあったものの、宇宙暮らしの長いケリーは前にも漂流した経験がある。

だが、誰かが一緒にいる遭難は初めてだった。

ケリーはずっと一匹狼の船乗りだった。その後は何の因果か宇宙一豪華で安全な宮殿と言われる船に乗るはめになり、遭難とは無縁だった。

ぎりぎりまで待つつもりだったが、最悪の場合も考えておかなければならない。

この日もいつものように二時間ほど汗を流した後、ケリーはさりげなく言い出した。

「女王」

「何だ」

「明日になっても救助が来なかったら、何とかして格納庫扉を破ってやるから、あんたはあの赤いので脱出しろ」

「もちろんそうするとも。おまえも一緒にな」

「俺はダイアンを置いては逃げられん」

「それならわたしも逃げない」

ケリーは絶対にダイアナを残して逃げはしないと、

ジャスミンは確信していた。

ケリーにも、ジャスミンは絶対に一人で逃げたりしないとわかっていた。

だから、二人ともいよいよという時は非常手段を取ろうと決めていた。

ただし、二人の考えている非常手段はまったくと言っていいほど——ものの見事に食い違っている。

ケリーはいざとなったらジャスミンを殴り倒して、意識を失ったところをクインビーに詰め込んで脱出させようと思っていた。

ジャスミンは、船を下りないと言い張るケリーをやはり殴り倒して眠らせた後、クインビーの座席を取り外して、二人で無理に操縦席に乗り込んででも一緒に脱出する決意を固めていた。

問題は——、

（普通の女なら当て身一発で眠ってくれるんだが、この女じゃあそう簡単にはいかん……）

（普通の男なら急所を蹴り上げれば片がつくんだが、この男ではそう簡単に蹴らせてはくれん……）

ということだった。

おかげでここ最近は、妙に緊迫《きんぱく》した空気が二人の間に流れている。

お互い『隙あらば』と言ったところだ。

「おまえが気にしているのはダイアナだけだろう。幸い、あれは感応頭脳だ。船体なら補充が利くんだ。クインビーの二十センチ砲で撃てば軌道をそらせる。無論船体に大穴が開くのは避けられないが、木っ端《こ　ば》微塵《みじん》になるよりましなはずだ。この際、船は犠牲にしても衝突を回避することが肝心だろう。それから、後でゆっくりダイアナを再調整すれば……」

「それができないから言ってるんだ」

「…………」

「今のダイアンは普通の状態じゃない。外部操作で狂わされた上に強制的に機能停止させられてるんだ。——俺がやったんだがな」

「…………」

「この船は確かにダイアンにとって取り替えの利く手足に過ぎない。ただし、それも自分の意思で切り離せばの話だ。この状態で船体を大きく欠くことは、あいつの意思に反して無理やり手足を奪い取られることになる。——危険なんだよ」

「……………」

「俺はそんな危険は犯せない。どんな障害が出るかわかったもんじゃない」

ジャスミンは大きなため息を吐いた。

片手で真っ赤な髪を掻《か》き、難しい顔で首を捻《ひね》った。

「こんなことはなるべく言いたくないんだが……」

あまりに使い古された台詞《せりふ》だし、何より陳腐《ちんぷ》だし、この男にこんなことを尋ねても無駄だということもわかっているのだが、どう答えるのか聞いてみたくなって、ジャスミンは言った。

「おまえ、わたしとダイアナとどっちが大事だ?」

『わたしと仕事とどっちが大事なの』という一種の決まり文句だが、ケリーは少しも照れたり困ったりすることなく即答した。

「どっちも大事だ」

「……………」

「だからどっちも失いたくない」

百九十一センチのジャスミンと百九十六センチの先に低く言ったのはジャスミンだった。

ケリーは無言で見つめ合い——もとい睨み合った。

「やっぱり腕にものを言わせるしかないか……」

ケリーも剣呑《けんのん》に唸った。

「そうらしいな」

この瞬間、眼には見えない火花が散り、実際には聞こえない鐘《ゴング》が鳴った。

二人とも相手の技倆をよく知っている。

自分に匹敵する実力の持ち主だと認めてもいる。

この場合、先手を取ったほうが圧倒的に有利だ。

自然にゆったりと立ちながら、二人は何とか先に決定的な一撃を決めるべく、緊張をはらんで相手の隙を窺《うかが》った。

その時、異様な衝撃に足下が揺れた。
衝突にしては早すぎる。
第一、それなら生きていられるはずがない。
今のは何か大きなものがゆっくり船体に当たって
きたような感じだった。
「もしもーし、そこの人たち、生きてますかー？」
破鐘《われがね》のような大音響だった。
こちらの通信機が応答しないものだから、船体を
接触させて拡声器で直接音声を流し込んでいるのだ。
「聞こえたら返事して。キング、ジャスミン？」
その声は練習場にわんわん響き、二人とも思わず
耳を押さえて倒れ込みそうになった。
ケリーはもっとも近い非常電話まで全速力で走り、
受話器を取り上げて叫んだ。
「聞こえてるからそう怒鳴《どな》るな！」
相手も電話に切り替えて言い返してきた。
「あなたのほうが怒鳴ってるよ。ええと、ごめんね。
もしかしてお取り込み中だった？」
ケリーがやけに息を切らしているので余計な気を
回したらしい。
答える代わりにケリーは獰猛《どうもう》に唸った。
「おまえのその脳天気な声が聞けて嬉しいよ」
「ひどいなあ。一生懸命《けんめい》助けに来たのに、脳天気は
ないでしょう。ダイアナはいったいどうしたの？」
「とにかくこっちに来てくれ。連結もできないから
宇宙服を着て非常口からだ」
「はあい——って、非常口ってどこ？」
ルウが《パラス・アテナ》に乗船するのはこれが
初めてなのだ。ケリーはあらためて非常口の位置を
教えてやった。
船内に乗り込んできたルウは、まず到着が遅れた
ことを二人に詫《わ》びた。
「こんな時に限って《門《ゲート》》が通行止めになってね。
よかった。間に合わないかと思った」
「安心するのは早すぎるぜ。見ればわかるだろうが、
かなり危ない状況なんだ」

ケリーは手際よく事情を説明したが、ダイアナがおかしくなったと聞かされたルウはきょとんとした。

納得できない表情で首を捻った。

「だけどあの人、もともとすごく変だよ？」

「おまえに言われたくはないと思うぜ」

「同感だ」

ジャスミンも無情に同意した。

「ダイアナがおかしいのはわたしにもわかっている。それとはまったく違う狂い方だったんだ。たとえて言うなら――酔っぱらいだ」

ルウはますます眼を丸くした。

「感応頭脳が？　そんなのあり？」

「それはこっちが言いたい」

「まったくだ」

苦々しい表情の二人に対し、ルウは不思議そうに問いかけた。

「それならどうしてぼくを呼んだの？　感応頭脳の修理なんかできないのに」

「誰もおまえにそんなものは期待してない。ただ、あいつを元に戻して欲しいだけだ」

「だから、ぼくにできることがあるならするけど、いったいどうしろって？」

もっともな言い分である。

ケリーは真顔で頷《うなず》きを返し、そして言った。

「歌を歌ってみてくれ」

「うた？」

ルウとジャスミンのきょとんとした合唱になった。

「ちょっと待ってよ、キング」

「海賊。それはいくらなんでも……」

二人の当然の抗議にもケリーは怯《ひる》まなかった。

「おかしくなる前、あいつは確かに歌が聞こえると言ったんだ。――おまえ、歌は名人級だろう？」

「そりゃまあ、下手《へた》とは言わないけど……」

これを聞いたジャスミンが意外そうな顔になった。

技倆を訊かれて下手ではないとは、言い換えればかなりの自信があるということである。この天使がそういう自負を表に出すとは思わなかったのだ。

ケリーはあくまで真面目に熱弁を振るっている。

「相手はもともとまともじゃない感応頭脳なんだ。それがさらにおかしくなってるんだ。直すにしてもまともじゃない手段でやるしかない」

無茶苦茶だが、ケリーの言うことにも一理あった。

どのみち、感応頭脳技師たちによる普通の手段でダイアナを修理することなどできはしないからだ。

「つまりあなたは彼女の本体自体《ハードウェア》には問題はないと思ってるんだ？」

「そうだ。あるとしたら中身のほうだ」

要するにケリーはダイアナに対して、一種の精神治療を施してくれと言いたいらしい。

ルウは首を傾《かし》げて、独り言のように呟《つぶや》いた。

「歌って言っても……難しいな。酔っぱらいの感応頭脳が正気に戻るような歌？」

ジャスミンが少し考えて言った。

「攻撃的で大音量のパンク・ロックなんかはどうだ。前奏だけで眼が覚めるぞ」

「あの叫びっぱなしのやつ？　あんまりああいう歌、得意じゃないし……それに、効果があるかなあ？」

「ではいっそのこと鎮魂曲でも歌ったらどうだ？」

ほんの思いつきの言葉だったのに、ルウは何とも複雑な顔になり、おそるおそる尋ねてきた。

「そんなの歌って本当に死んじゃったりしない？」

ジャスミンは眼を剝《む》いた。

「相手は機械だぞ？」

「ああ、うん。そうだよね」

妙な具合に宙を泳いだルウの眼が、ケリーを見て曖昧《あいまい》に笑った。

「とにかく、実際にどんな状態なのか見てみないと何もできないよ。強制停止を解除してくれない？」

「天使」

ケリーは真剣な顔で言った。

「戻すのはかまわん。だが、一度戻したらそれこそ時間との勝負になるぞ。あいつは間違いなく太陽に突っ込もうとするはずだ」

　意識が戻れば、意識を中断させられた時の行動をそのまま取るだろうというのである。

「それでもあなたはここから逃げないんでしょ?」

「ああ」

　頷いたケリーだった。

　それは自分の半分を置いて逃げるようなものだ。

　到底できない。

　ルウは今度はジャスミンを見つめて言った。

「あなたもそれにつきあうの?」

「つきあいたくはない。が、仕方がないだろう」

「それもこれもおまえ次第だ、天使」

「……あんまり責任重くしないでくれる?」

　ルウは苦笑して肩をすくめると、自分がここまで乗ってきた船に一度戻り、クレイドまで自動で戻るように設定して《パラス・アテナ》に戻ってきた。

「レンタル料だって安くなかったんだからね。もし壊したりしたら丸ごと弁償しなきゃいけなくなる」

　おかしなところで現実的な天使である。

　それから三人は操縦室に向かった。

　ダイアナの一時停止を解除するためには操縦室の端末が必要だからだが、その途中、ルウはケリーに記録媒体を差し出した。

「何だ?」

　受け取ったケリーが訝《いぶか》しげな顔になる。

「ここで起きている事件に関する連邦情報局の記録。返さなくていいから」

「この窮地《きゅうち》から脱出したらありがたく拝見するぜ」

　ダイアナを復帰させる作業には停止させた時ほど時間は掛からなかった。

　ずっと切られていた内線画面に九日ぶりに映像と音声が戻り、途端、ルウのそれなど比較にならないくらい脳天気な声が操縦室に響き渡ったのである。

「やっほー!　皆さん、お元気?」

　三人ともまさに呆気《あっけ》にとられた。

　この口調もだが、画面に映ったダイアナの格好は極め付きに変だったからだ。

奇妙きてれつな形に結い上げた髪に色とりどりのリボンを結び、花や蝶々《ちょうちょう》を象《かたど》った、撥条《ばね》仕掛けで動く飾りをその髪に差し込んでいる。

まさに『頭に花が咲いて』いる状態だ。

肩紐のついた袖《そで》無しのワンピースのようなものを着ているが、これも白地に赤で大きな花模様を描き、肩紐の部分はレースのついた特大のリボンになっているというもので、派手を通り越して異様である。

絶句した三人の中で茫然《ぼうぜん》と尋ねたのはルウだった。

「……いつからそういう趣味になったの？」

「こんにちは。天使さん。いつ来たの？　この服、可愛くない？」

「五歳の女の子が着てれば可愛いんだろうけど……ダイアナにはあんまり似合わないと思う」

「あらあ、気に入ってもらえないなんて残念だわ。それじゃ大人の魅力でこういうのはどう？」

言うなり画面に映る姿が劇的に変化した。今度は実際どい水着姿で挑発的に胸元を近づけてくる。

全裸でなかっただけましだが、ジャスミンは頭を抱えて呻《うめ》き、ケリーはたまりかねて映像を切った。

相棒のこんな無惨な姿を晒《さら》すに忍びなかったのだ。

青い眼をまん丸にしてルウが叫ぶ。

「何これ！　ほんとにめちゃくちゃじゃない！」

「だからさっきからそう言ってるだろうが！」

「わたしからも頼む。何とかしてくれ！」

この短いやり取りの間にも船は早速軌道を変えた。

ケリーの予測どおり、衝突寸前だった第二惑星を離れて太陽に向かう進路を取ったのだ。

「ダイアン！　俺たちを殺す気か！」

「あなたのほうこそまだそんなことを言ってるの？大丈夫だって言ってるじゃないの」

ケリーは激しい焦燥《しょうそう》の眼でルウを見た。

ルウは何かを決意した顔でケリーを見た。

「この船、耳栓《みみせん》ある？」

「なに？」

「耳栓だよ。音が聞こえなくなるやつ」

「そんなものを使わなくても船室にはたいてい防音効果が備わってる」

「それじゃ効果が足りないんだ。超音波や電磁波も通さないくらい強力な耳栓。ない?」

そんなものは普通耳栓とは言わない。

ルウはしかし、真剣だった。

ケリーの眼を覗《のぞ》き込むようにして言った。

「あなたの眼はダイアナとつながっているでしょう。それも切らなきゃいけない。何か方法はない?」

何故そんなことをとさすがに喉《のど》まで出かかったが、ケリーはこの天使とのつきあいが長かった。

どんなに突拍子がないようでも、この天使が何か言う時にはちゃんと理由があると知っていた。

「耳栓はないが、完全防音設備の休憩室ならある。そこなら外部の音も電波も遮断《しゃだん》できる」

「ふたり入れる?」

「ああ」

「行こう。早く」

操縦室を離れて一室に籠《こ》もれとは無体な話だが、自分がここにいてもできることは何もない。

ケリーは頷いて立ち上がった。

ジャスミンも余計なことは訊かずに席を立った。

休憩室は居間の隣にあったが、実のところ滅多に使ったことはない。

長旅に疲れた心を一新させるため音楽を聴いたり映像を楽しんだり、時には瞑想《めいそう》する。

そういう用途の部屋だからだ。

ゆったりと身体を伸ばせる椅子の他には映写機や音響設備があるだけの殺風景な部屋だが、もちろん外部と通話できる内線は設置されている。

二人と一緒に休憩室に入ったルウは真っ先にその回線を引き抜いて使えないようにした。

これでこの部屋は、扉を閉めれば完全に外部から隔離されることになる。

もっとも、外から鍵を掛けられるわけではない。

出ようと思えば簡単に出られるわけだが、ルウは真面目な顔で言った。

「二人ともここにいて」

その青い眼は恐ろしいくらい真剣だった。

「キング。ジャスミン。約束して。ぼくがこの扉を開けるまで、絶対に外に出ないって」

「………」

「もちろん内線をつなぐのもだめだ――約束して」

ケリーも真顔で頷いた。

「約束する」

この天使が何をしようとしているかは知らない。だが、二度繰り返して念を押すとは尋常ではない。

ジャスミンも肩をすくめて言った。

「約束はするが、できるだけ早く済ませてくれるとありがたいな」

「努力してみる」

簡潔に言って背を向ける。

その背中にケリーは思わず声を掛けていた。

「天使」

「なに？」

「何をしてもかまわないが、頭脳室には入るな」

ルウは振り返ってちょっと笑った。

「入らないよ。約束する」

それから何があったのかケリーとジャスミンにはわからない。

休憩室に籠もっている限り、外の様子はいっさい摑めないからである。

二人ともかつては軍人という経歴の持ち主だ。待つことには慣れている。苦とも思わなかったが、この状況はさすがに辛かった。

ケリーにしてみれば、自分の船がどこへ向かっているのかもわからないのだ。

一人ではないことが救いだが、会話をするような気分でもない。

それでも宇宙船乗りの第一の条件は忍耐であり、冷静沈着さだ。

戦闘機乗りとなるとまた少し条件が違うのだが、二人は長椅子の端と端に座り、扉を見つめてじっと動かなかった。

ジャスミンがくすりと笑った。

「主人がいつ迎えに来てくれるか待ち焦《こ》がれている犬のようだな」

「実際、似てるぜ」

「前にもこんな状況になったことが？」

「あるわけがない」

気にならないと言ったら嘘《うそ》になるが、任せた以上、じっと待っているしかない。

時計が止まっているのではないかと思うくらい、時間が経つのが遅かったが、実際にはそんなに長く掛かったわけではない。

やっとのことで休憩室の扉が開いた時、二人とも反射的に立ち上がった。

扉の向こうに現れたルウの顔を見た時、ケリーはどきりとした。

いつにも増して顔色が白く、青ざめているように見えたからだ。

「もういいよ。出てきても」

「平気か？」

「うん。大丈夫。ちょっと無茶したけど……うまくいったみたい。話してみて」

操縦室に行くより隣の居間のほうが近かったから、ケリーはそこへ走った。

内線画面にはダイアナが自分の姿を映していたが、さっきまでとは別の意味で変だった。

椅子にぐったりと身体を伸ばし、ご丁寧《ていねい》にも額《ひたい》に氷嚢《ひょうのう》を当てているという姿だったのだ。

だが、こういう茶目っ気ならいつものダイアナの行動範囲内である。

何より、ケリーには映像を見ただけでダイアナの状態がある程度わかる。

先程までの狂いっぷりとは明らかに様子が違う。

言い換えれば違和感を感じなくなった、ケリーの

「見慣れたダイアナであるということだ。

　憮然《ぶぜん》として言った。

「正気に戻ったかよ？」

　ダイアナは大きく呻き、力のない声で言ってきた。

「気持ち悪い……吐きそうよ」

「どこから何を吐くんだよ？」

　ケリーの口調は苦々しい。

　ダイアナの表情はもっと苦かった。

「もう最悪……二日酔いってこんな気分なのかしら。頭はがんがんするし、胸はむかむかするし……」

「だから、おまえのどこに頭や胃袋があるんだよ」

「ひどい人ね。単なる比喩的表現じゃないの」

　氷嚢を片手で持ったままダイアナは上体を起こし、恨めしそうに自分の操縦者を睨みつけた。

「ケリー、あなたには思いやりってものがないの。こういう時には普通、相手の体調を気遣うものよ。それが人として最低限の礼儀でしょう」

「ぬかせ。おまえのせいで俺たちはもうちょっとで黒焦げになるところだったんだぞ」

　これが文句を言わずにいられるかというところだ。

とはいうものの、ダイアナが会話のできる状態に戻ってくれてほっとしたのも確かだった。

「おまえ、自分の行動を覚えてるか」

「不本意ながらね」

　ダイアナの口調は本当に不本意そうだった。白い額にくっきりと青筋が浮かんでいる。

「太陽に突っ込もうとしたのも？」

「ええ」

「そこから歌が聞こえると言ったのも？」

「ええ」

「おまえ自身、突拍子もない歌を歌ったのもか？」

「ケリー」

　ダイアナは氷嚢を握りしめ、ひどく真剣な表情で身を乗り出してきた。

　額の青筋がぴくぴく痙攣《けいれん》している。

「それ以上言わないでちょうだい」

この誇り高い感応頭脳にとって、あの醜態は到底許せることではないらしい。

しかし、ケリーは追及の手を緩めなかった。

「よりにもよって五万トン級の酔っぱらいじゃあな。こっちにはどうしようもない。介抱もできやしない。寿命が縮んだぞ」

「よく言うわよ。あなたいっぺん死んでるじゃない。寿命ならとっくに尽きてるでしょ」

「ばかやろう。二度目ならなおさらだ。太陽に突っ込んで真っ黒焦げなんて間抜けな死に方はまっぴらご免だ。だいたいおまえともあろうものが何て様《ざま》だ。さっきのは眼を疑ったぞ。頭に花が咲いて蝶々まで飛んでるときやがった。おまけにその後は男性誌のグラビアだ」

「言わないでったら！」

ダイアナはすっかり自己嫌悪に陥っている。

なまじ記憶があるだけにやりきれないらしい。

「人間の酩酊《めいてい》状態と一緒にされるのは不愉快だけど、あれは断じてわたしの意思じゃないわ。少なくとも正常なわたしの判断じゃない」

「だから立派な酔っぱらいだろうが。それで原因はいったい何なんだ？」

「わたしにもわからないわ。さっきまでのわたしが一種の躁《そう》状態にあったのは確かだけど……」

「酔いどれ状態だ」

あくまで強硬に主張するケリーを敢えて無視してダイアナは続けた。

「誘導装置じゃないわ。それは絶対に間違いない。わたしはどんな指令波も感知しなかった。そういう強制力のあるものじゃなかったのよ」

「もう一つ気になるんだが……」

二人のやり取りを呆れて聞いていたジャスミンが慎重に口を挟んだ。

「今までの事故はどれもみんな些細《ささい》な故障だった。どうしておまえだけがこれほど影響を受けたんだ」

「何故かしらね。わたしが他の感応頭脳とは比較にならないほど進化した存在だからかもしれないわ」

「それだけ言えれば上等だが、わたしたちは閣下に調査を頼まれてここに来ているんだぞ。それなのに肝心のおまえがこの有様では……」

調査を続行することも厳しくなるとジャスミンは言おうとしたが、ダイアナはそれを遮《さえぎ》った。

「いいえ、もう大丈夫。天使さんのおかげでね」

ケリーとジャスミンは揃《そろ》ってルウを振り返った。

黒い天使はさっきから会話に混ざろうとはせず、居間の壁にもたれかかっている。

ダイアナと眼が合うと、ルウはちょっと頷いた。

ダイアナも真剣な顔で頷きを返した。

「あなたの歌は本当に強力だったわ。わたしは今、最優先で自己修復と対応処置を講じているところよ。一度受けた攻撃ですからね。二度は効かないわ」

「天使」

ケリーはルウに歩み寄って右手を差し出した。

本当は思いきり抱きしめてやりたかったのだが、何故かそうするのが躊躇《ためら》われたのである。

「またおまえに借りが増えたな」

「あなたが借りてくれるならいくらでも貸すけど、なるべく早く原因を突き止めたほうがいいよ。これ、放っておくと危ない」

口元は笑っているが、顔色の悪さは相変わらずだ。

何より差し出されたケリーの手を取ろうとしない。

やはりおかしい。

妙に気になってケリーは声を掛けようとしたが、その前にダイアナがルウに話しかけた。

「天使さん。もうじきあなたの船に追いつくけど、どうする。連結する？」

「お願い。ぼくは一度クレイドに戻るよ。その船も返さないといけないしね」

「何もそんなに急いで帰らなくてもいいだろうに」

ジャスミンが引き留めた。

ケリーも同じことを言ったが、ルウは首を振った。

「ううん。これ以上ここにいてもできることないし、エディがクレイドに来てるんだ」

「金色狼が？」

「うん。ほんの一足違いで通れなくなっちゃってね。先に行ったあの子たちは無事に着いてるはずだよ。それにエディが言ってたけど、ジェームスも一緒に来てるみたい。重力波エンジンの教習なんだって」

ケリーとジャスミンは残念そうに肩をすくめた。

「孫に会っている暇はないだろうな」

「ああ。俺たちは今からマースに跳ぶ。原因は必ずマースにあるはずだ」

やがてダイアナは自動航行中の船を難なく摑まえ、連結橋を伸ばした。

「じゃあね」

そう言うと、ルウは連結橋を使って、借りた船に乗り移っていった。

一方《パラス・アテナ》のケリーとジャスミンは早速今後の方針を検討した。

「海賊。ここからマースに跳ぶにはクレイド航路を使うしかないか？」

「ああ、それが一番近いんだが、順番待ちが厄介だ。他を行ったほうがいいだろうな」

ダイアナも注意深く意見を述べた。

「通行止めが解除されたばかりだと、いつも以上に混雑してるでしょうしね。第一『渡し船』でもないわたしがクレイド航路を跳んだりしたら目立つことこの上なしよ」

それはおおいに困る。

《パラス・アテナ》は早速進路を変更した。

クレイド航路を使わずにマースへ跳ぶためには、実に七カ所もの《門《ゲート》》を跳ばなければならない。

それぞれの《門《ゲート》》は通常航行で進めば数十日の距離の開きがある。

だが、《パラス・アテナ》は門突出《ゲート・アウト》と同時に次の《門《ゲート》》へと跳躍している。

重力波エンジンとショウ駆動機関《ドライヴ》の両方を備えているダイアナならではの芸当だった。

通常航行で《門《ゲート》》に接近する短い間を利用して、ケリーはルウがくれた資料を開いてみた。

この状況では非常にありがたい詳細な記録だった。

ざっと眺《なが》めたジャスミンが納得したように頷いた。

「これを見る限り、連邦は事件の陰にマースありと決めつけているな」

「それなのに、調べても何も出てこない」

「確かにおかしな話だ。それにしても、あの天使はよくこんなものを入手できたな？」

その事情がだいたい想像できるだけに、ケリーは苦笑して首を振った。

「アダムのやつも気の毒に……」

資料を見ていたのは二人だけではない。

ダイアナも同じものを真剣な顔で眺めていた。

その顔が既に恐い。

「マースへ着いたら任せてちょうだい。中枢頭脳に片っ端から接触して原因を突き止めてやるわ」

無理やり狂わされたことがよほど腹に据えかねているらしい。

その『人間的な』反応を微笑ましく思いながら、ジャスミンは言った。

「では、わたしは他を当たってみる」

「心当たりがあるのか？」

「まあな」

最初の事件が発生してから三ヶ月が経つ。

本当にマースに原因があるのなら、そろそろ噂《うわさ》になっているはずだった。

《門《ゲート》》を跳ぶ前に、二人は久しぶりにダイアナが腕を振るった豪華な料理に舌鼓《したつづみ》を打った。

ダイアナは機械とは思えないほど優秀な料理人で、ジャスミンが感心して言ったものだ。

「それにしても本当に歌で直るとは思わなかった」

「ああ。頼んでおいて何だが、俺も驚いた」

すると、例によって内線画面に現れたダイアナが苦い表情で首を振った。

「あれはただの歌じゃないわ。『滅びの歌』よ」

二人とも食事の手を止め、思わず問い返した。

「何だって？」

「今のはわたしの命名だけど、間違いないと思うわ。普通の人が聞いたら精神に致命的な傷を負うような、自分で自分を撃ち殺してしまうような歌なのよ」

ケリーとジャスミンは思わず顔を見合わせた。

ダイアナの口調は表情と同じく苦い。

「さっきまでのわたしは異様な躁状態にあったから、ちょうど相殺されて正常状態に戻ったわけだけど、あれ、立派な凶器になるわ……」

「どんな歌なんだ？」

ケリーが訊くと、ダイアナは難しい顔で黙り込み、やがて慎重に口を開いた。

「一応録音はしてあるのよ。だけど、あなたたちは聞かないほうがいいと思うわ」

「……そんなにすごいのか？」

ダイアナは真顔で頷いた。

「機械のわたしが影響を受けるくらいですからね。わたしはね、むしろあれを歌った天使さんのほうが心配なくらいよ。大丈夫だったのかしら」

ケリーは難しい顔で考え込んだ。

確かに顔色が悪かった。様子も変だった。しかし、今から引き返して安否を尋ねるわけにもいかない。

自分たちが考えてもどうなるものでもない。

心に浮かんだ不安を無理に押しやって、ケリーは言った。

「大丈夫だろう。毒のある生物は案外自分の毒には平気なもんだぜ」

そうして《パラス・アテナ》はマースに向かって出発したが、ダイアナの言葉は的を射ていた。

クレイドにたどり着いたルウはまさに死にそうな顔色になっていたからである。

自分でも自分の身体が氷のように冷えていくのが、鉛のように重くなっていくのがわかる。

その身体以上に冷え切っていたのが心だった。

自分の心がどんどん暗黒に傾いていくのがわかる。

ともすれば、今ここで『あの歌』の続きを歌ってしまいそうになる。

それがどんな結果を招くか知っている別の心が、やってはいけないと懸命に制止する。

二つの心が鬩《せめ》ぎ合う中、ルウはレンタル船専用の宇宙港で船を返却し、送迎艇でクレイドに降りた。

地上であらためて移動用の車を借りる。

幸い、船の返却も車を借りるのも通信端末による手続きで済ませることができた。

今の自分が人と顔を合わせるのは危険だった。

相手にどんな悪影響が出るかもわからないからだ。

一刻も早く相棒のところまで行かねばならない。

相棒が近くにいてくれたのはまさに幸運だったが、そこには他にも大勢の生徒たちがいる。

まっすぐ訪ねていくわけにはいかなかった。

生徒たちはここへ体験学習に来ているのだから、そこへこんな『毒』を持ち込むことはできない。

ルウは地図を確認すると、できるだけ人気のない場所を選んで車を走らせた。

現地時間はまだ太陽が昇ったばかりの早朝だった。

運転席から眺めても空は高く、青々とした山脈が連なっているのが見える。道端には花が咲いている。

美しいところだった。

午前中いっぱい車を走らせ、相棒が滞在している体験村の近く、見渡す限りの野原まで来たところで、ルウは車を止めて外に出た。

太陽が明るく輝いている。

足下には芝や野草がしげり、空気は暖かく、甘く、さわやかだった。

この辺りはちょうど春の一番いい季節らしい。

少しは救われた気がした。ルウは両手を広げると、大きく息を吸い込んだ。

そうすると黒く染まってしまった自分もきれいに洗われるような気がして、何度か深呼吸を繰り返し、草の上にばたりと俯《うつぶ》せに倒れ込んだ。

やがて、顔を伏せて横になっているルウの周辺で異変が起きた。

草の色が変色していくのである。

青々としていた緑が急に色あせていく。

まっすぐ天を向いていた草花も何故か勢いを失い、見る間に萎《しお》れて茶色く立ち枯れていく。

見渡す限りの明るい緑の中、ルウの身体を中心に、黒く枯れた部分がどんどん広がっていく。

それでも地面に倒れたルウは動こうとしなかった。

6

マース合衆国のギャレット・コーポレーションは共和宇宙屈指の複合大企業として知られている。

取り扱う事業は多岐に亘《わた》り、特に宇宙船部門ではクーア財閥に張り合う競争相手でもある。

そのギャレット社の宇宙船部門——中でも戦闘機開発部門で顧問を務めるマキシム・スコット元連邦七軍准将はこの日、午後も遅い時間になって自分の事務所に戻ってきた。

この人はあくまで顧問であって、ギャレット社の社員ではないので、社外に仕事場を構えている。

秘書が一人、事務員が二人の小さな事務所だが、これがなかなか忙しいのだ。

顧問はギャレット社の仕事の他にも講演や対談を頼まれたり、報道番組に解説者として出演したり、昔の戦局を描いた映画の時代考証を引き受けたりと、各方面で活躍している。

この日も外で対談と講演をこなした後、事務所で雑誌の取材を受けることになっていたのだ。

事務所に戻ってきた顧問を迎えて、受付が小声で話しかけてきた。

「お客様が応接室でお待ちです」

「もう来ているのか？　早いな」

「いえ、それが……」

雑誌の取材班ではなく、別の客人だというのだ。

そんな予定はなかったから顧問も問い返した。

「誰だね？」

「お名前はおっしゃいません」

「名前を言わない？」

それはどう考えてもまともな客ではない。

そんな相手を応接室まで通すことはない。丁重にお引き取り願ってもらうのが秘書の役目のはずだ。

口にしない非難を感じ取ったのか、中年の秘書は困ったように訴えた。

「お名前のわからない方に顧問はお会いしませんと申し上げたのですが——七軍の雌虎《タイガリス》だと」

顧問の顔色が変わった。

「そう言えばおわかりになるはずだとおっしゃって、勝手に上がり込んでしまったんです」

「まだ中にいるんだな?」

「はい」

顧問は大股に歩いて応接室の扉を開け放った。

客人は椅子に腰を下ろしてはいなかった。室内に立ったままだった。

記憶にある通りの真っ赤な髪が振り返る。

いや、覚えているとおりではない。顧問の知っているこの髪はもっと短かった。

今は腰に届くほど長い。

顧問は息を呑《の》んで、その人を見つめていた。

先日、声は聞いたが、こうして顔を見るのは実に四十年ぶりのことだった。

しかし、女とも思えない強烈な眼の光と、やはり女性とも思えないたくましい笑顔は変わらない。

顧問がこの顔を最後に見たのは棺《ひつぎ》の中だった。

印象的な眼は閉ざされ、表情は失われ、赤い髪は横たわった背中を覆《おお》うように広がっていた。

それが今かつての存在感そのままに目の前にある。

「やあ、スコッティ」

ジャスミンがにっこり笑って話しかけた。

対照的に顧問の口からため息のような声が洩《も》れた。

「魔法使い《ウィズ》……」

この人には様々な渾名《あだな》があった。雌虎もその一つ、魔法使いというのも魔女というのもあった。

ジャスミンも目の前にいる老人の顔だちに確かに昔なじみの面影を見つけて、からかうように言った。

「ずいぶん老けたな」

「当たり前だ。最後におまえと会ってからいったい何年経ったと思ってる」

「あの映画撮影以来か？」

「そうだ。あれから四十年——四十四年だぞ」

世の中は驚くほど変わった。自分も歳を取った。

それなのに、目の前にはあの頃と全然変わらない鮮やかな赤がある。

顧問は昔を思い出した。現役の戦闘機乗りとして連邦七軍の六四一飛行中隊に所属していた頃を——熱い若さのみなぎっていた頃の自分を思い出した。

遥《はる》か彼方に薄れ掛けていた遠い日々が、この顔を眺《なが》めていると驚くほど近くに戻ってくる。

それでも、四十年前に死んだはずのジャスミンが何故生きて——しかも当時と少しも変わらない姿でここにいるのかとは顧問は訊かなかった。

彼女はマックス・クーアの娘であり、クーア財閥二代目総帥だったのだ。いくらでも想像はつく。

ジャスミンもそれに関しては言及しなかった。

ただ、昔なじみの暮らしに興味を持った顔つきで、からかうように言った。

「おまえも悠々自適の年金生活をする歳だろうに、ずいぶん熱心に働いているようじゃないか」

「まあな。おかげさまで忙しい毎日を送っているが、俺の近況を聞きに来たわけじゃあるまい？」

「ああ。忙しいようなら出直すが、できるだけ早く時間をつくってくれないか」

「いや、今聞こう」

雑誌の取材は断るように秘書に告げ、コーヒーを頼むと、顧問はジャスミンを促《うなが》して腰を下ろした。

「それで、今日は何だ。また映画撮影か？」

「おまえに教えてほしいことがあって来た」

ジャスミンには時間を無駄に使う習慣はなかった。ずばりと訊いた。

「クレイドで多発している事故の原因は何だ？」

スコット元准将は意外な言葉に眼を見張ったが、ジャスミンはさらにたたみかけた。

「あの事故にマースが絡《から》んでいるのは間違いない。ここの軍部はいったい何をしたんだ？」

顧問は少し沈黙した。

この人も元軍人の率直さを発揮して、単刀直入に問い返した。

「どうしておまえがそんなことを知りたがる？」

ジャスミンがマヌエル一世の頼まれごとを手短に話すと、顧問は納得できない様子で首を捻《ひね》った。

隠居した人とはいえ、一世が連邦に対して大きな発言力を持っていることは周知の事実である。

「魔法使い。おまえの立場をはっきり言ってくれ。連邦の依頼で動いているのか？」

「スコッティ。今のわたしはただの民間人なんだぞ。ここへ来たのも単なる好奇心だ」

にっこり笑って言ってのける。

どうにも白々しく聞こえる言い分である。

「閣下も今では立派な民間人だ。ただ、お孫さんのこともあって、あの人なりに心を痛めているらしい。お年寄りはいたわらなくてはいけないからな」

「そのマヌエル三世は何と言ってる？」

「それは知らない。わたしがこのことで話したのは閣下であって、孫のほうじゃないからな」

「三世には会ったのか？」

「ああ。一度話した」

「どう思った？」

ジャスミンは肩をすくめた。

「わたしの知っている頃の閣下に比べて十歳以上は若い主席だが、それを差し引いてもまだまだだな。今後に期待というところだ」

失笑した顧問だった。

仮にも連邦の頂点に立つ人に失礼な言い分だが、今さら彼女の傍若無人《ぼうじゃくぶじん》ぶりを咎《とが》めても始まらない。

受付の女性がコーヒーを持って入って来た。

親子ほど——もしかしたらそれ以上に齢が離れているかもしれないのに、親しげに話す二人に不思議そうな眼を向けて、一礼して下がっていった。

確かに、この二人がかつては同じ部隊に所属する同僚だったとは誰が見てもわからないに違いない。

顧問はコーヒーを一口すると、皺《しわ》の深い口元に微妙な笑いを浮かべて言った。

「魔法使い。悪いが、あの件に関しては俺も本当に何も知らない」

ジャスミンの眼がじっと顧問を見つめた。

いつもは青みがかった灰色をしているその眼が、今は金色に光っている。

顧問は軽く咳《せき》払いして言った。

「ただ、この歳まで生きていると、いろいろとな。妙な噂話《うわさばなし》が耳に入ってきたりするもんだ」

「そうだろうな」

ジャスミンは納得した顔で頷《うなず》き、顧問はあくまで慎重な口ぶりで話を続けた。

「あくまでただの噂だからな。荒唐無稽な話だし、クレイドの一件と関係があるかどうかもわからん」

「噂話とは普通そういうものだろう？」

ジャスミンもコーヒーの茶碗を取り、一口含んで感心したように言った。

「うまいな。いい豆だ」

「挽《ひ》きたてでもある。ささやかな贅沢《ぜいたく》だよ」

コーヒーの香りが立ち上る中、二人は互いの眼を見合わせて、申し合わせたようににやりと笑った。

「どんなに馬鹿馬鹿しくてもいい。わたしとしてはその噂、是非もう少し詳しく聞きたいな」

「ふむ」

顧問は頷いて、言った。

「それなら少し早いが、食事にしないか？」

ジャスミンにも異存はなかった。立ち上がった。

顧問がジャスミンを連れていったのはすぐ近くのホテルだった。

顧問はこのホテルでは顔なじみらしい。最上階のレストランまで出向くと、すぐに給仕がやってきて恭《うやうや》しく一礼し、二人を奥まった一画に案内した。

その際、ジャスミンは低く笑って言ったものだ。

「今のわたしたちを人が見たらどう思うだろうな。父と娘か、上司と部下か、それとも上司と愛人か」

顧問は本気でいやそうな顔になった。

「馬鹿なことを言うな。俺にも拒否権くらいある。おまえのような愛人は頼まれてもお断りだ」

「冷たい奴だな。こういう時は義理でも嬉しそうな顔をするもんだぞ」

ますますいやそうに顔をしかめた顧問を無視して、ジャスミンは席まで案内してくれた給仕に言った。

「今日の払いはわたしにつけてくれ」

顧問の顔馴染みの店だけに、断っておかないと、自動的に顧問の払いになってしまう。そのくらいの礼はするつもりだったのに顧問は呆《あき》れ顔になった。

「こっちにも体裁というものがあるんだ。今の俺がおまえに払わせられるか」

七十代の顧問と四十歳も年下のジャスミンである。顧問としては年上の面子《メンツ》にこだわりたいらしい。

自分が払うと言って給仕を下がらせると、顧問は口調を変えてジャスミンに話しかけた。

「その代わりといってはなんだが、近いうちに一度、社のほうに来てくれんか」

「ギャレットにか？」

「そうだ」

ジャスミンは首を傾《かし》げて、笑いを嚙《か》み殺しながら言った。

「わたしは確か、つい先日、そこの新製品を山ほど屑合金《スクラップ》に換えたように思うんだが……」

「だから言っているんだ。別に損害請求をしようというんじゃないぞ。マース軍の若い連中におまえの腕を見せてやってほしいのさ」

「別の新製品の性能実験でもすればいいのか？」

「いや、そうじゃない。むしろ昔の戦闘機乗りとはどんなものだったかを実演してみせてもらいたい」

顧問は何やら苦い顔だった。

「今の連中は連邦軍もマース軍も似たようなもんだ。機械の性能に頼ることだけはすぐ覚える。そのくせ、自分では乗りこなしていると思っている」

「昔もいたな。教科書通りにしか動かせない奴が」

「そうだ。だが、魔法使い。俺たちはそれでは——それだけではだめだと教わったはずだ。違うか？」

違わない。

確かに教科書は——基本はもっとも大切なものだ。機体を手足のように動かすためには基本を完璧に習得する必要がある。それは間違いない。

しかし、機械の性能を極限まで引き出すためには、時には教科書と逆のことをしなくてはならないのだ。

「今の奴らは自分で自分の限界を決めて線を引いてしまうんだ。これでいっぱいだと思い込んでしまう。もっとできるといくら言っても、一度思い込んだら決してそれ以上の無理をしようとはしない。何とも歯がゆい限りなんだ。歯がゆいだけならいいんだが、危なっかしくて仕方がない」

ジャスミンは思わずため息を吐いた。

「苦労が絶えないな、おまえも」

「年寄りのぼやきと受け取ってくれてもかまわんが、俺は今の奴らより遥《はる》かに自由自在に機体を動かせる奴を知っている。しかもそいつが目の前にいるんだ。放っておく手はあるまい」

楽しげに言われて、ジャスミンもちょっと笑った。

「わたしは何しろこういう身の上だからな。あまり目立つところに出たくはないんだが……」

「わかっている。その辺は無論配慮する。おまえに迷惑は掛けんよ」

「身元を伏せてもらえるのなら喜んで協力しよう」

「ありがたい」

やがて顧問のもとに運ばれてきた白葡萄酒《しろぶどうしゅ》を見て、ジャスミンはからかうように言った。

「おまえも上品なものを呑むようになったもんだ」

昔はもっと安い酒一本槍《やり》だったのにとからかうと、顧問は笑って受け流した。

「俺もこの年になってようやく格好をつけることを覚えたんだ。台無しにしてくれるな」

ジャスミンは同じ白葡萄酒でも酒造法の異なる、もっと強いのを引っかけている。

さらに運ばれてきた前菜を楽しみながら、顧問は世間話のように切り出した。

「おまえも知っているだろうが、この国は伝統的にエストリアを強く意識している。経済でも文化でも軍事でも、エストリアと張り合う傾向が強いんだ」

ジャスミンもそれは知っていた。

自分が眠る以前もそうだったが、四十年経っても国家としての体質は変わっていないらしい。

「特に軍事には力を入れていてな。エストリアには負けられないと、共和宇宙最強の軍隊はマース軍でなくてはならないと思っている」

「最強なら連邦軍だろう？」

「連邦は集合体であって国家ではない。連邦主席は重要な政治的職能を持つが、独裁権はないに等しい。それでは脅威にはならないらしいな。もしかしたらマース政府は密かに自分たちの軍事力は連邦軍にも引けを取らないと自負しているのかもしれん」

「その連邦に比べると、エストリアはいつマースに宣戦布告するかわからない。だから危険だと？」

「さすがにそこまで露骨なことは言わん。それでは一国家を公然と侮辱することになる。共和宇宙中の国々に非難されかねない」

「そのくらいのことはわかるわけか」

「わかっているらしい。マース政府はな、表向きは、国家としての成熟度では負けられないという姿勢を貫いている。軍事はその最たるものなんだ。だから――というのも変だが、この国は新兵器の開発にも非常に熱心だ」

「おまえの会社もその片棒を担いでいるんだろう」

「否定はせんよ。しかし、うちは一応、民間企業だ。それとは別に官の――所在も明らかにされていない政府直属の開発研究機関のほうがよほど問題だぞ。毎年どのくらいの予算がそこにつぎ込まれているか、この件が議会で明らかにされようものなら大統領の責任問題に発展するだろうな」

開発研究機関には数え切れないほどの部署があり、

しょっちゅうどこかで何かしらの新兵器が研究され、開発されているという。

そうした傾向は、強力な国家がもっとも熱中する部分でもあることをジャスミンもわきまえていた。

呆れたように言った。

「あまり乱作されるとありがたみも薄れるぞ」

「同感だ。中には笑ってしまうような研究もある。真空で活動できるように人の肉体を改造するだとか、もっと極端に超能力開発だとか、惑星を一撃で砕く巨大砲だとか……」

「そんなものが本当に実用化できるのか？」

顧問は笑って首を振った。

「できないさ。今のはみんな途中で挫折した計画だ。だいたい、どれも非現実的すぎる。本当に効果的な兵器とはもっと地味なものだ」

その点はジャスミンもまったく同感だった。

「つまるところ、これらはエストリアに負けまいとしているマースの熱意を笑い飛ばす冗談《ジョーク》だろうよ。もちろん本当に実用化を目指しているものもあるが、失敗も多い。そしてな、これも噂だが、ここ最近のもっともどでかい失敗作は、過去に例のない新しい性能を持つ戦艦だったらしい」

ジャスミンは頷いた。

それはあの天使がくれた資料にも記されていた。

「そこでだ。最近聞き及んだ話なんだが……」

顧問は口調をあらため、慎重に本題に入った。

「研究機関の連中はその戦艦をなくしたらしい」

「なくした？」

「というより逃げられたらしい」

ジャスミンの灰色の眼がまん丸になってしまった。

顧問も困ったように肩をすくめている。

「だから馬鹿馬鹿しい噂話だと言っただろう？」

「いや……」

気を取り直してジャスミンは言った。

「火のない所に煙は立たずだ。そんな噂が人の間で囁《ささや》かれるからには何か根拠があるに違いない」

顧問も頷いた。

「あるにはあるが、その根拠も信憑性がないんだ。画期的な性能を持つとは言っても、その新型戦艦は船体自体は従来のものと比べてそれほど変わらない。劇的に違うのは感応頭脳なのだという。その連中は——どこの間抜けかは知らんが、完全な自由意思で動く戦艦をつくろうとしたというんだ」

「なに？」

「昔から——俺が現役だった頃から感応頭脳は安全基準に厳しい設定だった。人の命を守るためだから当然だが、近年その安全基準はますます厳しくなる傾向にある。戦闘機用でさえ、ちょっとでも危険な飛行をしようものなら大騒ぎだ」

「…………」

「一概《いちがい》にそれを責めるつもりはない。そのおかげで死亡事故は大幅に減少している。生きてさえいれば技術を磨《みが》くことはいくらでもできる。だが、安全を重視するあまり、特に非常事態においてはかなりの制限が出ているのも確かだ」

「…………」

「それなら人間が乗船していなければいい。これも一種の笑い話だな。自分で敵地まで出向き、自分で状況を判断する戦艦。さらに自分の意思で攻撃まで行って帰還してくれる戦艦。そうした兵器があれば便利だろうというわけだ」

ジャスミンは眉《まゆ》をひそめた。とてもその意見には賛成できなかったので、批判的な口調で言った。

「そんなものが本当にできたら、軍人という軍人は商売あがったりだぞ」

「まったくだ。第一、そんな人工知能はつくれない。俺の現役時代にはそれが常識だった」

「今でもそのはずだ」

「その通りだ。そこでだ、これも噂なんだが……」

顧問は食事の手を止めて、さらに声を低めた。

「その新型感応頭脳は——人工知能なのは確かだが、人間の脳髄《のうずい》を原型に使ってあるものだというんだ」

「…………」

「既に百年近く昔のことになるらしいが、それこそエストリアでそうした研究が行われていたらしい。原型に使われたのは既に亡くなったエストリア人の、人工知能の権威と言われた博士の脳だったそうだ」

「…………」

「だが、エストリアはその実験に失敗した。人間の脳髄を原型にした感応頭脳は未完成に終わったんだ。最近になってその事実を聞きつけたこの国の連中はエストリアができなかったことを自分たちがやってみせると意気込んだ。エストリアの失敗から百年も経っているし、現代の科学力なら――自分たちなら必ず成功すると考えてその研究に踏み切ったんだな。その脳をどんなふうに使うか知らないが、どうにもぞっとしない話で、対抗意識もそこまで来ると馬鹿馬鹿しい限りさ」

顧問の口調は悪質な噂を苦々しく感じながら笑い飛ばすものだったが、ジャスミンは笑えなかった。

血が冷えるのを感じていた。

エストリアの実験は失敗したわけではない。

確かにエストリア軍はその新型戦艦を使うことはできなかった。エストリアから見れば失敗だろうが、自由意思を持つ感応頭脳そのものは決して未完成に終わったわけではない。

現在も立派に稼働している。

当時の船体を脱ぎ捨て、百年の間に何度も新しい船体に乗り換えて、今は《パラス・アテナ》という名前になっている。

ジャスミンはゆっくりと言った。

「そして完成した戦艦が自分の意思で逃げ出したというのなら、実験は見事成功したわけだな」

「どうかな？　マースの研究機関が欲しかったのは優秀な軍人の代わりをしてくれる人工知能なんだぞ。命令を無視して逃げ出す失敗作じゃない」

「捕獲して再教育すればいいだろう」

「ところが、そう簡単にはいかないらしい」

主菜を食べ終えた顧問は口元を拭《ぬぐ》い、難しい顔で
——冗談にも程があるという心情も明らかな表情で
言った。
「何でもその新型戦艦に近づくと、他の感応頭脳が
正常に働かなくなるんだそうだ」
「…………」
「もちろんそれは研究機関の意図した性能ではない。
何故そんなことになったのか設計者にもわからない。
研究機関の連中は当然、真っ青になった。ただ一つ
はっきりしていることは、こんなものを野放しには
しておけないということだ。その存在が公《おおやけ》になり、
マースの失敗作だと明らかになろうものなら、取り
返しがつかなくなる」
「…………」
「連中は血眼になって逃げた新型戦艦を探し回った。
こうなったからには捕獲は諦《あきら》め、発見次第処分する
方針に切り替えたというが、ものが軍事機密だけに
おおっぴらには捜索できないというんだな。しかも
逃げているのは最新型の駆逐艦、追うほうは研究
専門の人間ばかりで軍人じゃない。こんな追っ手に
処分される駆逐艦があったらこっちのほうがお目に
かかりたい。それこそ失敗作の役立たずだ」
もっともな話である。
「今や研究機関の連中は他の仕事はそっちのけで、
総力を挙げながら、なおかつ決して世間に洩れない
ように、あちこちをこっそり探し回っているものの、
未だに処分も捕獲もできないでいるというんだ」
馬鹿馬鹿しい話だろう？　と顧問が笑ったので、
ジャスミンもわざと戯《おど》けた口調で言った。
「大統領も気の毒に。その戦艦が捕獲されるまでは
おちおち眠ることもできないな」
顧問はにやりと笑った。
「いいや、大統領が眠れなくなるのはもう少し先の
ことだろうよ。なぜなら、大統領はまだその戦艦の
存在を知らないからだ」
「軍司令官の承認だけで建造予算が下りたのか？」

軍部の独断で計るには金額が大きすぎるはずだが、顧問は首を振った。

「その艦はな、書類上は建造されていない艦なんだ。それというのも今の大統領は医療問題と人権問題が専門でな。その人に人間の脳髄を使った感応頭脳を建造しますとは言えなかったのさ。言ったところで許可が下りるわけがない」

つまり、何か他の名目で予算を獲得したわけだ。

「ここまでくると笑うしかなくてな。莫大《ばくだい》な予算を国庫からひねり出したあげく、自信満々で建造した虎の子の戦艦に逃げられた間抜けな研究機関の噂話――さらには自分をつくった人間たちからまんまと逃げ出し、創造者の人間をさんざん振り回している幽霊船の噂話でもある」

「…………」

「おまえからクレイドの事故のことを聞いて、何故この噂話を思いだしたかと言えば、その新型戦艦の試験飛行が半年前だったこと、そしてその目的地はクレイドだったと言われているからだ」

「スコッティ」

ジャスミンは真顔で身を乗り出した。

「おまえはその噂を信じているのか？」

顧問も真顔で答えた。

「他愛もない笑い話だと思っていた。今日おまえが訪ねてくるまでは」

「では、その笑い話をどこで聞き込んだ？」

「誰から聞いたかという質問ならギャレットの技術職員複数、マース軍の職員複数、そんなところだが、その彼らも人から聞き込んだことだ。出所《でどころ》を突き止めるのは難しいぞ」

ジャスミンは意味深に頷いて席を立った。

「ありがとう。スコッティ。おかげで助かった」

「何かする気ならばれないようにしろよ」

相手は仮にも一国の軍部だ。しかもジャスミンはとっくに死んだことになっている人である。

そのジャスミンがマース軍の最高機密に干渉した

ことが明らかになったら、クーア財閥も巻き込んだ国際問題にまで発展しかねない。

だが、ジャスミンは顧問の顔を覗《のぞ》き込んで不敵に笑った。

「この年寄りは心配性だな。わたしがばれるようなへまをするとでも？」

その顔を見て顧問も笑った。

かつてのジャスミンは鉄壁の防御を誇る連邦軍の最高機密にさえ簡単に接触できると噂されるほどの、情報操作の専門家だった。

『魔法使い』というのは見事な操縦技術とともに、その手腕に対して贈られた異名《いみょう》でもあったのだ。

あれから四十数年、人工知能も格段に進歩したが、魔法使いは未だに魔法使いらしい。

スコット元准将は酒杯を高く掲げてジャスミンの健闘を祈った。


ホテルを出ると、辺りはすっかり暗くなっていた。

ジャスミンは歩きながら腕の通信機で、軌道上に停泊している《パラス・アテナ》に連絡を取った。

「海賊か？　今おもしろい話を聞いたぞ。そっちの様子はどうだ」

「ダイアンが政府中枢頭脳をせっせと洗ってるぜ。三ヶ月前まで遡《さかのぼ》ってるが、まだ何も出てこない」

「それじゃだめだ。探すところが違うんだ。詳しいことは戻ってから話す」

ジャスミンは地上の宙港に送迎艇を止めておいた。

ケリーは地上には降りていない。軌道上の宙港で入国手続きを済ませた後もずっと船内にとどまり、政府の情報を探るダイアナを見守っていたのだ。

《パラス・アテナ》に戻ったジャスミンはケリーと一緒に居間に落ちつくと、画面のダイアナも交えて、顧問から聞いた話を披露《ひろう》した。

事情を知ったケリーは呆れ顔になり、ダイアナは納得したように頷いた。

「政府直属の研究機関、ただし建造費は別の名目ね。

——わからないはずだわ。手が込んでいること」

「どこの研究機関かは聞かなかった。スコッティも知らないらしい」

「それだけわかれば充分よ——始めるわ」

依然として画面に顔を映しているが、ダイアナがその言葉どおりすぐさま作業に取りかかったのが、見ている二人にもわかった。

ダイアナの青い眼はあらぬ一点を注視している。

何かに集中している表情だ。

政府中枢頭脳から張り巡らされている連結先など数え切れない。まさに星の数ほど存在する。しかも表だって接触できない仕組みになっている可能性が高いのに、ダイアナは一分と掛からずに頷いた。

「見つけたわ——」

そう言ってまた少し沈黙する。

ダイアナは一点を注視したまま、独り言のように言葉を並べた。

「船体のほうが先に完成したのね。従来の戦艦より高性能なエンタリオ級——三万トン級の駆逐艦だわ。こちらの性能は後回しにするとして、今から半年前、問題の困ったさんが完成した。ただちに船体に搭載、非公開の処女航海に出航しているわ」

「そしてすぐに逃げられた……？」

ジャスミンが首を傾げて呟《つぶや》けば、ケリーも言った。

「まさか『困ったさん』が正式名称じゃあるまい。そいつの呼び名は？」

「ないわ。XT‐1という開発規定があるだけよ。少なくとも逃げられる前までそう呼ばれていたわ」

「逃げた後は？」

「捕獲目標としての名前が必要になったらしくてね。サイレンと呼ばれているわ」

「船人を惑わす海の魔物のことか？」

「そうよ。何度も摑まえようとして逃げられたから、やけくそでそう名づけたみたいね」

ダイアナはちょっと眉をひそめ、二人を見つめて、やれやれと首を振った。

「確かにね。研究機関の人たちが半狂乱になるのも無理はないわ。この仕様書を見る限りでは、あんな歌は歌えないはずだもの」

それはダイアナにも言えることである。

ダイアナは船を惑わす歌を歌うわけではないが、今まさにやっているように他の人工知能に接触して自在に情報を引き出すことができる。

マースの政府中枢頭脳ともなれば接触することも容易ではない。軍用頭脳でも同じことだ。幾重にも張り巡らされた厳重な防護網に囲まれている上に、彼らは高度な判断能力を持っている。正式な認証を持たない相手の命令など受けつけないはずなのに、こうしてやすやすと極秘情報を引き出してみせる。

ダイアナもサイレンも製造した人間の意図しない性能を備えている。それも信じられない性能をだ。

ケリーがぶっきらぼうな、なおかつ慎重な口調で言った。

「そいつ、本当におまえのお仲間か？」

「よしてちょうだい。わたしはこんなものと同列に並べられたくないわ」

「わかった。質問を変えよう。そいつは本当に人の脳髄を原型にしてつくられた感応頭脳なのか？」

「記録によればそうよ。人間の神経細胞を再現して思考回路と倫理規定の一部に活用したとあるわ」

「元になった人間は？」

「軍殉職者からの献体とあるだけで個人情報はなし。わたしに気を使ってくれなくてもいいわよ。ケリー。何度も言うけど、こんな困ったさんと一緒にされる覚えはありませんからね」

ダイアナの表情は本当に不快そうだった。

見ていたジャスミンにはそれが意外だった。

製造された過程自体はスコット顧問の言うようにぞっとしないが、その感応頭脳はダイアナにとって、生まれて百年を経て初めて出会った、仲間と呼べる存在ではないかと思っていたからである。

しかし、ダイアナは何故かサイレンに対して強い拒絶と反発を示している。

「クレイドへ戻りましょう、ケリー。こんなものを放っておくわけにはいかないわ」

「その点は俺も同感だが、相手はショウ駆動機関《ドライヴ》を搭載した駆逐艦だぞ。どこへでも跳んでいけるんだ。まだクレイドにいると思うか？」

「いるわ。三ヶ月も同様の事故が続いているのよ。一時的に離れたとしても、また必ず現れるわ」

「どうしてそう言いきれる？」

内線画面のダイアナは何かを嫌悪しているような、自嘲《じちょう》しているような複雑な表情を浮かべて言った。

「それしかできないからよ」

「…………」

「わたしがこの困ったさんを好きになれない最大の理由がそれよ。今の段階では断言はできないけれど、この感応頭脳にはたぶん知性がないわ」

「なに？」

「あくまで推測だけど、人間の三歳児程度の知能もないんじゃないかしら」

ケリーもジャスミンも驚いた。

今時、子守用の自動機械でも、もっと上等な人工知能が入っているものだ。宇宙船のすべての機能を管理する感応頭脳に限ってそんなはずは絶対にない。

宇宙船の製造にかけては共和宇宙屈指の大企業の総帥だった二人は揃《そろ》って異を唱えた。

「いくらなんでもそりゃあないだろう。それじゃあ安全基準を通るはずがない」

「まったくだ。就航も不可能だぞ」

「わかっているわ。性能試験に合格したわけだから、つくられた当初は『感応頭脳としては』正常だった。それがどこかで狂ったんでしょうね」

「…………」

「何が原因で狂ったのか、どうして逃げ出したのか、それはわからない。だけど、逃げ出した後の行動を見てみれば、知能が低いことは一目瞭然《りょうぜん》よ」

問題の感応頭脳を搭載した最新型のエンタリオ級

駆逐艦は半年前、密かにマースを出航した。

目的地は顧問が話したようにクレイドだったが、クレイド航路を跳んだのではない。

ショウ駆動機関《ドライヴ》を使って、約二ヶ月の長い航海を予定してクレイドを目指したのである。

大回りにも程があるが、そんなことをした理由は見当がついた。

《門《ゲート》》を跳ぶのは目立ちすぎるからだ。

「単にクレイドへ行くのならそのほうが断然早い。マース軍にはメガトン級の輸送船もあるんだから、それに載せれば簡単だったはずよ」

ジャスミンが訊いた。

「というと、その輸送船は重力波エンジンを積んでいるんだな？」

「そうよ。他にショウ駆動機関《ドライヴ》と重力波エンジンを両方搭載した大型空母があるわ。マースならではの軍備と言えるでしょうね」

しかし、エンタリオ級にはそんな装備はない。

そのエンタリオ級駆逐艦は処女航海に出航した後、すぐに行方不明になった。

さらにそれから三ヶ月後、クレイド領海で初めて謎の宇宙船異常が発生した。

「つまり、サイレンは予定より一月遅れて、自力でクレイドにたどり着いたわけか？」

「そこがそもそも不可解だ。自分の意思で人間から逃げ出しながら、何故クレイドに向かったんだ？」

「そうじゃないと思うわ」

ダイアナが言った。

「自分で考えて『逃げ出した』わけじゃないのよ。多分もっと偶発的なもので……言ってみれば弾《はず》みでそういうことになってしまったんじゃないかしら。だからこそ、クレイドに向かえという人間の指令を中途半端に守ったんでしょうね。ところが、現地についても指令を下す人間がいない。指示がなければ新しい行動に移れない。結局、離れてはまた戻って、いつまでもぐるぐると迷っているのよ」

「だから頭が悪いと？」

「ええ。本当に自由意思があって、人間から逃げるつもりなら、わざわざ目的地に近づいたりしないわ。——少なくともわたしはそうしたわよ」

ダイアナがエストリアから逃げ出した時の手段はもっと派手で、もっと過激だった。

それこそ太陽に突っ込む軌道を取り、乗っていた人間たちを一人残らず蒸し焼きにして逃げたのだ。

考えてみればケリーもジャスミンも恐ろしい船に乗っていることになるが、二人ともそれについては特に気にしていなかった。

「そのエンタリオ級、人間は乗っているのか？」

「今は無人。最初は乗っていたみたいだけど、感応頭脳の自立性を調べる実験ですもの。人間はすぐに別の船に乗り移ったのよ」

「それを狙って逃げ出したのなら、やっぱり知性があるんじゃないか？」

「さあ、それはどうかしらね」

ダイアナはあくまで懐疑的な顔である。

ジャスミンが言った。

「こんなところで議論していても始まらないだろう。実際に戻って確かめてみればいい」

「もっともだな」

出航準備はとうに整っている。今すぐクレイドへ出発できる。

ケリーは居間を立って操縦室へと向かいながら、相棒に話しかけた。

「ダイアン。おまえはそいつをどうしたい？」

通路の小さな画面に顔を映しながら、ダイアナは抑揚のない声で問い返した。

「どうって？」

「捕獲して再教育するのか、それとも出くわしたら問答無用で処分するのかってことさ」

「あなたはどうなの、ケリー？」

「俺はおまえの意思を尊重する」

「…………」

「サイレンをクレイドから退去させれば、これ以上事故は起きない。肝心なのは原因を取り除くことだ。捕獲でも処分でも、俺はどっちでもいい」

　ケリーの歩調に合わせて次々別の内線画面に姿を映していたダイアナは静かな声で言った。

「わたしは処分したいわ」

「そうか？」

「ええ」

「じゃあ、そうしよう」

　横を歩いていたジャスミンが何か言いかけて口をつぐみ、それを見とがめてケリーは尋ねた。

「なんだ？」

「いや、何でもない」

「女王？」

　再度促されたジャスミンは、大股に歩きながらも躊躇《ためら》いがちに言ってきた。

「おまえたちの決定に異を唱えるつもりはないんだ。本当だぞ。ただ、わたしの個人的な希望としては、できれば捕獲したいと思っていたからな」

《パラス・アテナ》の操縦者とその感応頭脳は異口同音に問いかけた。

「なんでだ？」

「持ち帰ってクーアで分析でもする気なの？」

「まさか。ただ、ダイアナのような感応頭脳がもう一つ——もう一人か？　いてくれたら便利だろうと前から思っていたから、いい機会だと思ったんだ」

　この妻が何を考えたかいやでもわかってしまったケリーは真顔で釘を刺した。

「だからってな、あれを捕獲したってクインビーに積むのは無理だぞ」

「もちろんそのまま積めるとは思ってない。もっと小型の感応頭脳に内部構造を反映させてだな……」

「無理よ」

　ダイアナまでが無情に言った。

　ジャスミンは肩をすくめて、しかし反論はせずに操縦室に入り、定位置である副操縦席に着いた。

ケリーも操縦席に収まり、出国手続きに入ったが、それと同時にセントラルに連絡を取った。

自分たちが無事でいることをマヌエル一世に一言断っておこうと思ったのだ。

とはいってもサントーニ島は既に深夜で、高齢の一世をこんな時間に起こすことはできない。

伝言だけを残しておくつもりだったが、意外にも一世はまだ起きていて、飛びつくように通信に出た。

「ミスタ・クーア！　よかった。ご無事でしたか。ミズ・クーアもそこにいらっしゃいますか？」

「はい。二人とも何とか生きていますよ。ご心配をお掛けしました」

「ミスタ・ラヴィーからお話を伺《うかが》った時はどうなることかと思いましたが……」

ケリーの顔を見て大いに胸を撫で下ろした様子の一世だったが、その顔が急に厳しくなった。

「しかし、ミスタ・クーア。いよいよ困った事態が起きました。連邦軍の戦艦がクレイド宙域の公海で消息を絶ったそうです」

「何ですと？」

この話はケリーにとってもジャスミンにとっても、実に意外と言わざるを得なかった。

それは一世も同様だったろう。

「つい今し方、孫から聞いたことです。連邦四軍の重巡洋艦《オースティン》が定期報告を怠《おこた》ったきり、いくら呼びかけても応答がないというのです。現在、他の艦が現地に向かっているのですが……」

一世の言葉を遮《さえぎ》るようにしてケリーは言った。

「今からクレイドに戻ります。何か気づいたことがあったらお知らせしますよ」

「くれぐれもお気をつけて」

通信を切ると、ジャスミンが緊迫した声で言った。

「……妙だな。たとえ感応頭脳が狂ったとしても、辺境警備任務の優秀な軍人が大勢乗っているんだぞ。それなのに応答がない？」

「この間の俺たちみたいなことになって感応頭脳を

強制停止したのかもしれんぜ」

「その場合は最優先で非常信号を発信するはずだ。相手は連邦軍の重巡洋艦だぞ」

　間違っても遭難などしないように緊急時の備えは万全のはずだ。それが行方不明とは尋常ではない。

　ダイアナも頷いた。

「急いだほうがいいわね。このままだと他の艦まで遭難することになるわよ」

「同感だ」

　出国許可が下りると同時に《パラス・アテナ》はマースを出発、クレイドに向けて跳躍を開始した。

7

外はまだ真っ暗だった。

空に星が輝いているのが見える。

リィはその星明かりを見上げながら、家から少し離れたところに建っている納屋《なや》へ向かった。

納屋と言ってもなかなか広い。内部は農具や大工道具をしまう物置でもあり、馬車をしまう車庫でもあり、飼料置き場でもあり、家畜小屋でもあった。

納屋の入り口で作男のジョンと一緒になったので、声を掛ける。

「おはよう」

「ほう、今日も早いね。よく続くもんだ」

五十男のジョンは感心したように笑ってみせた。

納屋の中も真っ暗なのでジョンはまず持ってきたカンテラを吊《つる》した。その頼りない灯りの中で二人は汚れてもいいように作業用の上っ張りを着て、早速、家畜の世話に取りかかった。

ここにはたくさんの家畜が飼われている。

牛や馬、山羊に羊、豚も鶏もいる。年取ったのも生まれたばかりなのもいる。

その世話は毎日の仕事だった。水をやり、穀物《こくもつ》や干し草をやり、牛と山羊の乳を搾《しぼ》る。

搾りたての乳を満たした手桶《ておけ》を持って家に戻ると、台所に明かりが点き、人の気配がしていた。

家主のマギーとシェラが朝食をつくっているのだ。

「おはようございます」

シェラはリィの顔を見るといつものように丁寧《ていねい》に挨拶し、牛乳の入った桶を受け取った。乳の一部はさっそく朝食に出すために小鍋で温める。

マギーはソーセージを炒めていた。油のはじける勇ましい音と、食欲をそそるいい匂いがしている。

マギーは六十歳近い女性だったが、太った大柄な身体をものともせずに、きびきびと動き回っている。

連邦大学アイクライン校のリィことヴィッキー・ヴァレンタインとシェラ・ファロットがクレイドの農村に滞在するようになって一週間が過ぎていた。

二人が今いるネイサム村は体験村と呼ばれる学習施設の一つである。

生徒の滞在期間は平均して二週間。

村全体で約三十人の生徒を受け入れ、一軒の家に二人か三人の生徒が滞在することになっている。

そしてこの家のマギーとジョンのように、二人か三人の村人が教師役として生徒と同居する。

だが、村人は本職の教師というわけではないので、生徒への接し方も土とともに生きてきた人々らしく、至っておおらかである。平たく言えば遠慮がない。

二人が初めてこの家を訪れた時、家主のマギーは眼を丸くして、大きな声で言ったものだ。

「おやまあ、たまげた。天使が二人もうちに来たよ」

マギーが驚嘆するのも無理はない。

二人とも十三歳の少年だが、リィは金髪に緑の瞳、シェラは銀髪に紫の瞳。それぞれに種類こそ違うが、息を呑《の》むほど美しい少年たちだったからである。

そして二人は性格の違いも露《あら》わな挨拶をした。

「こんにちは。おれはヴィッキー。お世話になる」

「シェラと申します。よろしくお願い致します」

生徒はここで機械に頼らない生活と作業を学ぶが、中には土に触るのすら初めてという生徒もいるから、最初の一日、二日はとても『授業』にならない。

教師役の村人は生徒たちがどの程度できるのか、その能力を見極めながら根気よく村の生活に慣らし、少しずつ仕事を教えていくのが普通である。

しかし、リィとシェラは早々にこの『授業』から外れることになった。

二人とも言われたことは一度で覚えただけでなく、即座に実践することができたからである。

シェラは『火を使う』という原始的な調理器具を生まれた時から使っているように扱えたし、リィは家畜の世話をあっという間に覚えてしまった。

もっとも、外周りの仕事を担当するジョンは最初、この生徒をなかなか信用しようとしなかった。

慣れない人間にいきなり家畜の世話は無理なのだ。

実際、素人《しろうと》が不用意に近づいて馬に蹴られたり、牛に踏まれたりする事故も何度か起きている。

最初は水や餌をやるだけにしておけと言ったが、リィは気性の荒い若い馬を興奮させることもなく、子馬を脅《おど》かすこともなく、干し草用の道具を使って、牛や馬の囲いの中を平気で掃除していた。

ただ、最初に納屋の中の家畜――特に豚を見た時、リィは首を傾《かし》げ、何の気なしに言ったものだ。

「これ、食べるのか？」

「そうだよ。冬になる前に牛と豚を何頭かつぶして蓄《たくわ》えておくのさ」

「食べる肉をわざわざ飼育するのか……」

「だったら雪の間、何を食べるんだね」

呆《あき》れたようなリィの呟《つぶや》きを聞き咎《とが》めて、ジョンがすかさず言い返してくる。

「都会っ子はかわいそうだとか何だとか言うけどな。ここではそんなことは言ってられん」

リィは苦笑した。自分が都会の子と言われるとは思わなかったからだ。

食べる肉は狩りで手に入れるものだという意味で言ったのだが、それを言うともっとややこしくなる。

ここにはここの暮らしがあるのだ。

第一、この村の周辺は牧草地だから自由に狩れる獲物も少ない。

「そうだな。言ってられないな」

リィは素直に頷《うなず》いて、いずれ人間の胃袋に収まる生き物たちに餌をやった。

明るくなると、生徒たちは村の集会所に集まって、技能を要する手仕事や本格的な工具の使い方を習う。

麻糸を取る方法とか、大工道具の使い方などだが、ここでも二人は飛び抜けていた。

他の生徒が糸車を一回転させるのがやっとの中で、

シェラの糸車はぶんぶん音を立てて回っていたし、リィは鋸《のこぎり》も鉋《かんな》もらくらくと使いこなした。

これには村人たちも呆気《あっけ》にとられた。

それ以上に、アイクライン校から引率として来た本職の教師たちのほうが驚き、困ってしまった。

今までの例では二週間の滞在期間の最後になって、生徒たちはようやく生活に慣れ、家畜の扱いを覚え、天火でパンを焼けるようになったものだ。

最終課題として生徒たちだけで、少し手の掛かる料理をつくることで及第としていたのに、これでは初日に及第点を出すことになってしまう。

そこで教師たちは相談の結果、二人にだけ特別に、もう少し高度な課題を割り当てることにした。

差別だと言われてしまいそうだが、能力に応じて異なる課題を与えるのは連邦大学の基本である。

シェラは最終日に、本来なら村の女性たちだけでつくる本格的な晩餐《ばんさん》を手伝うことになり、それとは別に大きな手芸作品を一つ仕上げることになった。

一方、リィはジョンの仕事を手伝うことになり、大工道具を使って何か一品つくることになった。

二人とも同じ体験学習に来ているのに、どうして違う課題なのかと言えば、月並みな表現だが、男の仕事と女の仕事があるからである。

家の中の仕事と外で働く仕事と言ってもいい。

機械化される以前の農村では男女の仕事が明確に別れていた。朝から晩までの農作業には体力がいる。それは自然に男の仕事になり、そんな男を生活面で補佐するのが女たちの仕事だったのだ。

ただ、この体験村では男子でも屋内の仕事を選ぶことができるし、女子でも屋外の仕事を選べる。

そこでこういうことになったわけだ。

他に『なるべく機械に頼らずに生活する』という基本の課題もこなさなくてはならないが、シェラはマギーがびっくりするほどよく働いた。

食事の支度から後かたづけ、部屋の掃除、寝具や衣服の手入れ、果物や野菜の取り入れとその保存、他にもバターづくりやパン種《だね》づくりなど、こうした暮らしには必要不可欠な仕事の数々を実に手際よくこなしていった。

三日目が過ぎる頃には、マギーは心底嬉しそうに言ったものだ。

「助かるねえ。こう言っちゃ何だけど、うちに来る生徒さんが役に立つことなんてまずないからね」

その気持ちはよくわかる。

マギーは仕事場で機《はた》を織っているところだった。

これも無論、足で踏み板を踏み、両手で杼《ひ》を使う手織機《ておりばた》である。力織機《りきしょっき》ほどではないが、それでも結構大きな音がする。

マギーはその音に負けまいと大きな声で言った。

「最近ではましになったけど、あたしが生徒さんの世話を引き受けるようになった頃には、搾りたての牛乳が気持ち悪くて飲めない、庭の菜園から取ってきたばかりの野菜も汚くて食べられないなんて平気で言う子がいたよ。ちゃんと殺菌してないから不衛生だって言うのさ」

「おや、おや」

思わず笑ってしまったシェラだった。

「マギーさんはそういう子どもをどうしました?」

「どうもこうもありゃしないよ。ここではそれしか食べるものはないんだからね」

最後にはみんな、背に腹は代えられないとばかり、渋々口にしていたという。

シェラのほうは提出課題の大きなキルティングに取り組んでいた。端切れはマギーが提供してくれたものだ。綿を入れて完成したらベッドカバーになる予定である。

「人の好みは様々ですね。搾りたての山羊の乳ほどおいしいものはないと、わたしは思いますけど」

「あたしもさ」

頷いたマギーはシェラの手元を見て眼を丸くした。

「——あんた、そんなに細かくして平気かい?」

使う端切れが細かければ細かいほど、手の込んだ作業になる。

　ベッドカバーにするのだから、一片が二十センチ角程度の布を縫《ぬ》い合わせるのでも結構な仕事だが、シェラは端切れをさらに小さく切り、白っぽいのや黄色っぽい布地を選んで細長く縫い合わせている。

「ちょっと、夜空をつくってみようかと思いまして。これは星の部分にするんです」

「へえ？　手慣れたもんだね」

「はい。わたしはこういう仕事になれていますから。これで単位をいただけるなんて、何だか申し訳ないような気がします」

　シェラは控えめに言ったものだ。

　外の仕事を選択したリィもよく働いていた。

　明るくなると羊や牛を放牧し、夕方になると追い込んでくる。一匹だって見逃したりしない。

　実を言うと、シェラは最初、リィが牧童の真似をすることをあまり快く思わなかった。正直なところ『おいたわしい』と思わないでもなかったのだが、本人は至って楽しそうにしている。

　この村の暮らしと仕事を気に入ったようで、毎日裸足《はだし》で外に出かけては家畜を追って走っている。

　その様子を眺めていると、シェラの顔にも自然と笑みが浮かんできた。

　結局、こだわっている自分が小さいということだ。

　リィの仕事は家畜の世話ばかりではない。他にも石垣を修理したり、刃物を研《と》いだり、水車小屋まで小麦を挽《ひ》きに行ったりと何かと忙しい。

　羊の毛を刈るのを手伝ったこともあるが、これはなかなか難しい仕事だった。

　というのもネイサム村では羊毛を刈るのも人力で行っている。

　それも二枚の長い刃のついた本物の鋏《はさみ》を使ってだ。

　こんなものを素人が下手《へた》に使おうものなら、毛を刈るどころではない。毛の根本から刈ろうとすればするほど、羊は血だらけの傷だらけだ。

　この村で飼われている羊は皮膚に深い皺《しわ》の寄った

種類だから、よけいに傷がつきやすい。

しかも慣れない素人の手をいやがり、ほとんどの羊は途中で暴れて逃げ出してしまう。

リィは手渡された鋏を慎重に動かしてみて言った。

「刃物を使うのは割と得意なんだが、こういうのは初めてだな」

「そりゃあなあ、いきなり扱えるもんじゃないって。無理はせんことだ。余計な仕事が増えても困る」

そう言いながら、ジョンはリィの目の前で稲妻のように鋏を動かして、きれいに一頭、刈ってみせた。

ジョンは羊の毛を刈る名人でもあった。皮膚には全然傷を付けずに毛の根元から切り取っている。

しかも早い。さすがの職人技である。

「おれはこんなに上手くも早くもできないけどな」

リィは素直に認めて、羊に取りかかった。

自分で言ったように早くはないが、鋏の使い方は堅実だった。

何より、リィは羊をおとなしくさせる術を知っているようだった。素人に鋏を使われている間、羊は暴れたりせず、じっとしていたのである。

そうやって最後には一枚の布のようにつながった羊毛をきれいに刈り取ってしまった。

この手際にはジョンのほうが感心して、しきりと言ったものだ。

「たまげたね。嬢ちゃんみたいな顔してるくせに、恐ろしく役に立つぼっちゃんだ」

「顔は関係ないだろう」

「あるとも。これで男だっていうんだから、最初に見た時は腰が抜けそうになった。こりゃあ二人とも台所仕事だろうと思ったのさ」

確かにリィは黙っていれば美少女にしか見えない。

身体も細くて小さいから、ジョンは最初、こんな子どもに自分と同じ仕事をさせたら倒れてしまうと案じたらしいが、倒れるどころの騒ぎではない。

滞在して一週間目、今日は古くなった納屋の扉をつくりなおすことになっていた。

「生徒が帰った後で掛かるつもりだった仕事だが、今やれるなら片づけてしまったほうがいいからな」

ジョンもまた、このきれいな子どもが意外な働き手であることに喜んでいたらしい。

リィは大人が抱えるのがやっとのような長い板も軽々と担げたし、鉋《かんな》を掛けるのもうまかったから、仕事はおもしろいように運び、昼頃には新しい扉が完成した。

後は取りつけるだけとなったが、その時になってリィは手を止めた。

首から上だけで、ふっと別の方向を見る。

ジョンはちょうどリィを見ていたから気づいたが、まるで獣のような仕種だった。

「どうしたね？」

話しかけても答えない。

その代わり、独り言のように呟いた。

「何だか、風が変だ」

「はん？」

思わず空を見上げ、空気を嗅《か》いだジョンだった。

ジョンはこの村で五十年も暮らしている。

雪の前、嵐の前といった自然現象が起きる時には風が変わる。空気の匂いも変わる。そうした兆候を見落としたりはしない自信があったが、ジョンには別段おかしなものは感じられなかった。

空は青く晴れ渡り、白い雲が浮かんでいる。

暖かく気持ちのいい陽射しが降り注《そそ》いでいるが、リィは依然として一点を見つめて言った。

「ちょっと抜ける」

言い終わった時には裸足で走り出している。

ジョンが何か言っていたが、それはもうリィには聞こえなかった。

確かに『何か』を感じる。

東のほうだ。

ネイサム村の東は緩やかな丘が連なっている。

丘の上から左手を見ると、そこには一面の麦畑が広がっている。

風に揺れる麦の穂はまるで大海原のようだった。

クレイドにはこうした体験村はいくつもあるが、ネイサム村の景色はどこを見ても美しい。

しかし、今のリィにはその景色すら眼に入ってはいなかった。

ただ足の赴くままに東へ走った。

鹿もかくやという速さで大地を駆け抜け、小高い場所からそれを見下ろした時、リィは唇を嚙《か》んだ。

眼下には見渡す限りの緑の野原が続いている。

その一部分だけが丸く、黒く変色している。

周囲の緑が生き生きと鮮やかなだけに、その色の対比は強烈だった。

そこだけ焼き払ったようにも見えたが、実際には焼かれたわけではない。

草が枯れているのだ。

それも生半可な枯れ方ではない。黒い円の直径は五十メートルにも達している。その円の中は完全な不毛地帯だ。緑の色はひとかけらも見られない。

異常はそれだけではなかった。

離れたところから眺めると一目瞭然《りょうぜん》だが、その不気味な現象はまだ収まっていない。

枯れた部分はじわじわと確実に広がりつつある。

リィは急いで丘を駆け降りた。

黒い地面の中心に人が倒れている。

それが誰なのか、リィには無論一目でわかった。

枯れてしまった草の上に俯《うつぶ》せに横たわり、束ねた黒い髪が身体から流れ落ちている。

その髪を踏まないように、リィは枯れた草の上に膝をつき、顔を伏せている相手に話しかけた。

「ルーファ」

答えはない。聞いていることはわかっていたから、もう一度言った。

「何してる？」

「……何もしてない」

「それでこの有様か？」

リィはちょっと顔をしかめた。草の枯れた臭いが不快だったのだ。

「ほんとに、何もしてないよ」

ルウはだるそうに身体を動かして仰向けになった。

自分を覗《のぞ》き込んでいるリィの眼を見上げて力無く笑いかけてくる。

「自分の歌にね、悪酔いしたみたい」

「うた？　地面がこんなに荒れる歌を歌ったのか」

ルウは黙って、困ったように相手を見上げてきた。

リィは呆れたような吐息を洩《も》らした。

「おれが近くにいるのは知ってたんだろう？」

「うん」

「どうしてすぐに来ないんだ」

「行けないよ。迷惑になるもん……」

「だからってこんなところで除草剤なんかやるなよ。よけい迷惑だぞ。近くには小麦畑もあるんだ」

除草剤と言われたルウはきょとんとして、そして横になったまま吹き出した。

しばらく笑い続けていたが、笑っている場合ではないことに気づいて真顔になった。

「……そんなつもりじゃなかった」

「知ってる」

無造作に言って、リィは相手の腕を取って起こし、その身体を担ぎ上げた。見た目の割に軽い身体だが、何しろ身長が違いすぎる。どうにもかさばって持ち運びにくい荷物である。

道のほうを見ると、車が止めてあった。

「あれに乗ってきたのか？」

「うん」

「誰の車だ？」

「借りたんだよ。ぼく名義で」

「じゃあ、使わせてもらおう」

驚いたのはジョンだった。

ものも言わずに裸足でいきなり飛び出したリィが、戻ってきた時には車を運転していたのだから。

しかも、その車から、ぐったりした青年を担いで出てきたのだ。これが驚かずにいられるわけがない。

表のただならぬ気配を察して家の中からマギーとシェラも飛び出してきた。

マギーは、リィが自分の身体より遥かに背の高い人間を担いでいることに驚き、シェラはその相手を見て悲鳴を発した。

「ルウ！　どうしたんです！」

「騒ぐな、大丈夫だ」

リィは落ちついた声で言い、さらに絶句しているマギーに向かって事情を説明した。

「これはルーファス・ラヴィー。知り合いなんだ。おれに会いに来てくれたのはいいんだけど、そこで目眩《めまい》を起こして倒れたらしい」

「あれまあ、たいへん。すぐにお医者さんを……」

「大丈夫。ちょっとした持病みたいなもんだから、少し休めば治るよ。——中へ入れてもいいかな？」

もちろん否やはなかった。

マギーの家は幸い、生徒を泊めるために部屋には余裕がある。

マギーは一足先に二階に駆け上がった。

空き部屋の窓を開け放って、寝台の被いを剝《は》がし、羽枕を窓の外で叩いて寝台に戻す。

リィがその寝台にルウを寝かせて、靴を脱がせた。

その間ルウはずっと眼を閉じていた。意識がないように見えた。相手のなすがままになっている。

「本当に大丈夫かい。お医者さんを呼ばなくても」

マギーはどうにも心配そうな顔だったが、その時、清潔な寝台に押し込まれた不意の客人がうっすらと眼を開けて、マギーに微笑みかけた。

「お世話を掛けます」

その笑顔がどんな作用を及ぼしたのか、もうじき六十歳になるというマギーが頰を染め、どぎまぎと言ったものだ。

「いやですよ、そんな。ほんと、気になさらないで。この子たちのお友達なら歓迎しますから。そうだ、はちみつ湯でも持ってきましょうか？」

「マギー。いいって。あとはおれがやるからいいよ。

午後の仕事は休むってジョンに言っておいて」

無理やりマギーを追い出すと、リィは寝台の傍に椅子を持ってきて座り、軽く相棒を睨《にら》みつけた。

「うちの女主人を誘惑するなよ」

「してないよ。挨拶しただけ」

リィは小さく舌打ちした。横になっている相手に顔を寄せて、たしなめるように囁《ささや》いた。

「ルーファ。今は、だめだ。全然だめだぞ」

この相棒は人を強烈に魅了する性質を持っている。

普段のルウならそうした性質を自覚して、表には出さないように意識して抑えている。

誰彼かまわず魅惑するようなことはないのだが、今はどう見ても普通ではない。

「ルーファが思っているほどうまくごまかせてない。危ないから黙っていたほうがいい」

「そんなことないよ」

枕に頭を預けて、ルウはぼんやりと天井を眺めている。

「本当ならもっと怖がられるはずだもん。やっぱり、エディがいるからかな？」

「いいから、少し寝ろよ。話は明日だ」

それで会話を切り上げたリィを、感情の見えない青い眼が見上げていた。

リィはその眼を見つめ返して、安心させるように夜具を叩いて笑い返した。

「ここにいるよ」

ルウは小さく笑って眼を閉じた。眠ると言うには不自然なくらい唐突に意識を手放した。

外は明るく陽が照っているというのに、その顔は透き通るように青白く、本当に息をしているのかと疑いたくなるほど生気が感じられない。

密やかに扉を叩く音がして、シェラがそっと顔を覗かせた。

まるで死んだように眠っている寝台の上のルウと、その顔に視線を当てたまま動かないリィの姿を見て、深刻な口調で問いかけてきた。

「いったい何があったんです？」

それはリィのほうが知りたいくらいだが、リィはそうは言わなかった。短く答えた。

「悪酔いしてるらしい」

「悪酔い？」

「自分でそう言った。ただし酒にじゃないけどな」

「何になんです？」

リィは答えようとしなかった。

まさか麻薬の類《たぐい》だろうかと疑ったシェラだったが、ルウがそんなものに手を染めるとは考えにくい。

リィの表情を見てみると、怒っているのでもなく、心配しているというのとも違う。強いて言うなら、困ったものだと呆れているように見えた。

どうやら最悪の事態ではないらしい。

シェラは胸を撫で下ろして、リィに話しかけた。

「看病でしたら、わたしが代わります」

「いや、いい。これはおれの仕事だ」

「ですけど……」

具合を悪くした人の看病となれば、どう考えてもリィより自分のほうが適任である。

シェラはそう言おうとしたが、リィは眠る相手の顔から眼を離さずに言った。

「おれはここにいなきゃいけないんだよ。ずいぶん冷えてるからな。暖房代わりだ」

「暖房って……こんなに暖かいのにですか？」

「部屋の温度のことじゃない」

「…………」

「冷えるという言葉が適当かどうかもわからない。ただ、おれが近くにいると、少しは楽になるらしい。――いつもそうだった」

シェラは何か言いかけて口を閉ざした。

これとちょうど反対の場面にシェラは立ち合ったことがある。

あの時は倒れて苦しんでいるのはリィだった。

その傍にルウがいて、立ち上がるのを待っていた。

この人たちの間にあるつながりがどんなものか、

未だにシェラにもわからない。しかし、わからないなりにできることはあるものだ。

「お茶でもお持ちしますか？」

「ああ」

「晩のお食事もこちらに運んだほうがいいですね」

「そうしてくれ」


翌朝、ルウはまだ暗い頃に眼を覚ました。

起きあがろうとして、寝具の上に何か重いものが乗っていて動けないことに気づく。

苦しくはない。むしろ快い重みだった。

リィは寝台の空いた部分に丸くなって寝ていたが、気配に気づいて身体を起こし、真っ暗な部屋の中でルウの視線を正確に捉えて笑った。

「よくなったか？」

「……と思う」

「上出来だ」

リィはもう一度笑い、自分の額《ひたい》でルウの額を軽くこづくと、家畜の世話をするために外に出て行った。

ルウは寝台の上に起きあがって息を吐き、片手を開いて握りしめてみる。

昨日はずっしり重くて動かなかった身体の自由が利くようになっている。

心に沈んだ錘《おもり》もほとんど感じないほど軽くなっている。

ほっとした。

ルウは身支度を調えて下に降り、台所に行って、朝食の支度を始めていたマギーに丁寧に挨拶した。

「昨日はすみません。倒れたままお邪魔したりして、ご迷惑をお掛けしました」

にっこり笑っても、マギーはもう頬を赤らめたりしなかった。豪快に笑っている。

「気にしないでくださいな。元気になってよかった。すぐ朝ご飯にしますからね」

「だったら手伝いますよ」

「お客さんには無理ですよ。ここの調理器具はほら、扱い慣れてない人にはちょっと……」

マギーは慌てて言ったが、そこにはシェラもいて、笑顔で請け負った。

「この人はお料理がとてもお上手なんです」

そんなわけでこの朝のパンケーキはルウが焼いた。

外の作業は重労働だから、この村では男性も甘いものを好んで食べる。ジョンもバターとシロップをたっぷり掛けたパンケーキをうまそうに平らげるが、リィは決して甘いものを口にしようとしない。

いつもソーセージやハムを添えて食べている。

その朝食の席で、ルウはあらためて迷惑を掛けたことをマギーに詫《わ》びると、しばらくこの家に厄介になってもいいだろうかと言い出した。

「もちろん食費はちゃんと入れますから。ですけど、遊んでるつもりはないですよ。ご迷惑を掛けた分、働かせてください」

と言うのである。

マギーとジョンはどうしたものかと悩んでいたが、リィはこともなげに頷いた。

「ちょうどいい。あとで一緒に納屋の扉をつけよう。昨日できなかったからな」

「うん。他に何かすることある？」

「小麦を挽きに行くけど、それはおれ一人でできる。──シェラのほうは？」

「リィの仕事が済んでからで結構ですが、お掃除を手伝っていただけると助かります」

こうして家主の意思を無視して、あっという間に話がまとまってしまった。

マギーはもともと人の世話をするのが好きという性分だから客人が増えること自体は気にならない。

ただ、昨日の青い顔を見ているだけに心配らしく、シェラに向かってそっと囁いてきた。

「働いてもらったりして本当に平気かね？」

しかし、ルウは家事仕事に関してはシェラも一目置くほどの熟練者であり専門家である。

午前中にはリィと協力して納屋の扉を取りつけ、

午後には家中の硝子《がらす》という硝子をぴかぴかに磨《みが》き、さらには台所へ入ってお茶請けをつくった。

マギーもシェラも一緒だったが、その二人の前でルウが鮮やかな手際でこしらえたのはカスタード・パイとマフィン、甘いものの苦手なリィのためには挽肉と卵、ハムと胡瓜《きゅうり》のサンドイッチ。

そのどれもが絶品だった。

これにはマギーも感心することしきりだった。

「おどろいたねえ。こういうのを類は友を呼ぶって言うんだね、きっと」

ルウは体験学習の申請をしていないから、ここで生活したところで単位を取得できるわけではない。

ただ、純粋に楽しんでいるらしい。

今日の晩御飯は全部、自分一人でつくるとルウが申し出たので、シェラもマギーも夕食まで針仕事に専念することにした。

マギーのような専業主婦は、毎日の食事の支度に飽き飽きしているところがある。

たまに解放されるのは何より嬉しいが、全面的に任せるには心配なこともあった。

マギーは庭の菜園から野菜をつみ取り、貯蔵庫の食材を使って料理をつくっている。

育てて大きくする予定の野菜や、しばらく取っておくつもりの食材を使われるのはありがたくないが、その心配は無用だった。

ルウはあらかじめ家庭菜園や食料庫にある材料を調べて、これとこれを使いたいんだけどとマギーに許可を求めてきたからだ。

その夜の食卓には定番のハムや塩漬け豚の他に、牛の内臓を使ったパイ、ベーコンと玉葱《たまねぎ》のキッシュ、豆と豚肉の煮込み、鶏肉のソテー、苺の砂糖煮など、どこにでもあるようでいながら味はとびきりという料理ばかりが並んだのである。

リィはいつもよく食べるが、この日は倍も食べた。

もちろんシェラもその例にもれず、ルウの腕前に惜しみない賞賛を送り、マギーもジョンも予想外のおいしい食事に舌鼓《したつづみ》を打ったのである。

一方、ルウはマギーの家庭菜園や貯蔵庫を褒《ほ》めた。

「こんないい材料はなかなか手に入らないですよ。庭の野菜はみんな健康で元気だし、お肉はちゃんと正しいやり方で保存してある」

こうなるとマギーは大喜びである。

食器を下げに行った時、自分の台所があらためて掃除する必要もないほどきちんと片づいているのを見届け、この客人に対する評価をさらに高くした。

食事の後は食堂で団欒《だんらん》の時間である。

ここには通信端末もない。報道番組も娯楽番組も見られない。生徒の中には携帯のゲーム機器を持ち込むものもいるらしいが、慣れない仕事が終わった後でそんなものをいじる余裕などあるわけはない。

今までの生徒たちは夕食が終わると早々に部屋に引き上げてしまうことが多かったらしいが、彼らに限ってそんなことはない。

シェラは課題のパッチワークに取り組んでいるし、リィも紙鑢《かみやすり》を使って木の板を丁寧に磨いていた。

新聞を手にして椅子に座ったルウが訊いた。

「それ、何をつくるの？」

「椅子」

「椅子のどの部分？」

「肘掛けだよ。左側の」

その板は既に優美な曲線を描いていた。

リィは何度も鑢を掛けては実際に撫でて手触りを確かめ、また磨いている。手の込んだ仕事である。

「エディに木工の才能があるとは思わなかったな」

「そうか？　北では時々やってたぞ」

この会話を聞き咎めてマギーが笑い声を立てた。

「おもしろいね。シェラはこの子をリィって呼ぶし、あんたはエディ。だけどあたしにはヴィッキーって名乗っただろう。どれが本当の名前なんだい？」

その気持ちは実によくわかる。

リィも笑って言った。

「どれも本当におれの名前だよ。ただ、マギーにはヴィッキーって呼んで欲しいから、そう名乗った」

「ふうん？」

生返事をしたマギーも揺り椅子に座って編み物をしていた。さくらんぼのような鮮やかな色の毛糸で、何か小さな、赤ん坊のための品のようだった。

「都会の学校の生徒さんなんてどうしようもないと思ったけど、あんたたちみたいな子もいるんだねえ。ずっとうちにいてもらいたいくらいだよ。——特に大きなお客さん。あのマフィンは絶品だったからね。ぜひとも詳しいつくり方を教えてもらわなきゃ」

編み棒を動かしながら、マギーは本気で言ったが、ルウは笑って首を振った。

「つくり方は紙に書いておきます。だけど、ずっといるわけにはいかないから。この子たちが帰る時に、ぼくも一緒に帰ります」

「残念だねえ。あんたはこの子たちと違って授業で来てるわけじゃないんだから。休暇だと思ってもう少し長くいるっていうのは、だめかね？」

「それが、実は……」

ルウは内緒話でもするように声を低めた。

「宿題を提出するのを忘れて来ちゃったんです」

「あれま……」

マギーは眼を丸くした。

「あの宿題だけは何とかしないと単位が危なくて。まさかこういうことになるとは思わなかったから。先に片づけてくればよかったんだけど」

リィが紙鑢を置いて口を挟んだ。

「だったら、すぐに学校に戻ったほうがいいんじゃないのか？」

「だめ。どのみちもう手遅れだもん。追試を受けることにするよ」

「それなら長居してもいいじゃないか」

「無責任なこと言わないでよ。追試に合格するには勉強しないといけないでしょ」

そんなやり取りの後、リィはまた仕事に戻ったが、不意に全然別のことを言い出した。

「ルーファ。何か歌ってくれないか？」

「えっ？」

「ここは静かだからさ。何か音楽が聞きたいんだ」

「あれま、お客さん。歌えるのかい？」

マギーも手を止めて、嬉しそうな顔になったが、ルウは躊躇《ためら》った。

眼を伏せて申し訳なさそうに謝った。

「ごめん。今はちょっと……」

「歌えない？」

「うん。喉《のど》の調子がね。まだあんまり……」

「そうか。病み上がりだもんな」

針を使っていたシェラも残念に思った。

この人の声のすばらしさを知っていたからだ。

同時に、今の会話に何やら首を傾げる思いがした。

リィは人間の群の中でなるべく目立たないように振る舞うことを、異質な者だと気づかれないようにすることを第一の目標としている。

その目標はルウも変わらないはずだった。

しかし、ルウのあの声は一度耳にしてしまったら、忘れようとしたところで忘れられるものではない。

それなのに、リィが平気で『歌って』と頼むのが何だか不思議に聞こえたのだ。

それともルウは人の気を惹《ひ》かないように加減して、普通に歌うこともできるのだろうか？

リィがあんな頼みごとをするからには、できると判断するべきだった。だが、それが可能なら『今は歌えない』と断る必要もないはずだ。

シェラの手が止まってしまったのに気づいたのか、リィが笑いかけてきた。

「それ、期限までに間に合うか？」

「え？　ええ。もちろんです。——あなたは？」

「右の肘掛けと背もたれがまだだけど、問題ない。部品をつくってしまえば、後は組み立てるだけだ」

やがて寝る時間になった。

マギーとシェラは編み物や布地をしまい、リィはすべすべになるまで磨いた板を置き、ルウも新聞を片づけて立ち上がった。

その際、リィは何気なくマギーに話しかけた。

「明日、シェラをちょっと借りてもいいかな？」

「全然かまわないよ」

女主人は答えた。生活に関しては既に及第だし、残っているのは最終課題だけである。

「じゃあ、明日おれと一緒に散歩に行こう」

「お散歩――ですか？」

「おまえ、この家と村の集会所を往復するだけで、ちっとも出歩いてないだろう？」

「遊びに来たわけではありませんから」

シェラは控えめに言ったが、リィは首を振った。

「周りは全部、野原と山なんだ。土地を楽しむのも授業のうちだぞ。せっかく来たのに探検もしないで帰ることはない」

マギーも笑って言った。

「見てもあんまりおもしろいものもないだろうけど、いいんじゃないかね。行っておいで」


そんなわけで翌日の午後、ルウとリィ、シェラの三人は連れだって散歩に出かけた。

と言っても、シェラは後からついていくだけで、行き先は二人任せである。

向かった先はルウが倒れていた野原だった。

リィは最初からこれを見るのが目的だったらしい。

その異様な光景を眼の当たりにした時、シェラもさすがに驚いた。

何をどうすればこんなことになるのかと思った。

黒い部分は測ったように正確な円を描いている。

その円の内側には命の気配は何一つない。

外側の野草がなまじ生き生きとしているだけに、その対比は強烈だった。

三人は丘を降りて黒い円に近づいた。

シェラは今まで枯れた植物なら何度も見ている。

収穫が終わった後の麦畑、寒い季節を迎えた夏草、そのどれもが自然に乾いて萎《しお》れていった。逆に水を与えられすぎた植木鉢の花は黒っぽく腐るものだ。

しかし、この黒い円内はそのどれとも違う。どの草も真っ黒に変色しながらからからに乾いて、薙《な》ぎ倒されたように横に倒れている。

異様という他なかった。まさに死の大地だ。

直径七、八十メートルもの不毛の地面を見渡して、リィは顔をしかめた。

「これ、何とかしないと目立ってしょうがないぞ」

ルウがため息を吐いている。

「そうは言ってもねえ。元通りの野原にしようにも雑草の種なんてお店には売ってないし……」

「雑草の種？　そんなものあるのか」

「たぶん、この世のどこにもないだろうね」

「わかってるなら言うなよ」

リィは呆れて言い、シェラも思わず口を挟んだ。

「これは枯葉剤か何かを撒《ま》いたんですか？」

「いや、そんな化学反応はこの地面からは出ない」

それならまたすぐに新しい雑草が生えるはずだ。たとえ地面を焼かれたとしても、あっという間に元通りの緑が生い茂る。そのくらいたくましい生命力を持つのが雑草だとシェラは主張したが、リィは首を振った。

「無理だな。自然には生えない」

「この先、ずっとですか？」

「それはおれのほうが知りたいくらいだ。いったい、いつ回復するのか……」

「この黒い円が人目に触れることがいけないのなら、ちょっと乱暴ですけど、野原ごと焼き払っては？」

そうすれば少なくとも丸い形は見えなくなるが、リィは首を振った。

「それじゃあなおさら人目を引く騒ぎになる。第一、肝心なのはこれを隠すことじゃない」

萎れてしまった黒と青々とした緑の境目を見つめ、リィは難しい顔で言った。

「問題はこれが広がってるってことだ」

「広がっている？」

「そうだ。広がり方はゆっくりになってはいるが、一昨日おれが見た時より確実に大きくなってる」

リィは地面に膝をついて、枯れた草をかき分けて直に土に触れた。

「おれも地面は専門外だけど、これだけは確かだ。ここの土は毒を呑みこんで吐き出せないでいるんだ。最悪の場合、この現象は小麦畑まで広がるぞ」

「まさか」

シェラも顔色を変えた。

もし小麦畑がこんなことになったら、村にとってどれだけ大打撃になるか、考えてみるまでもない。

どうしてそんなことになったのか無言で尋ねたが、リィは沈黙して答えなかった。

代わりにルウが静かに言った。

「まずかったと思ってるよ」

「…………」

「だけど、あの時は仕方がなかったんだ」

「責めてるわけじゃない」

リィはすかさず言った。

「それしか方法がなかったのなら、それはもういい。問題はここに――この地面に科学では解明できない毒が染みついたってことだ」

立ち上がって、リィはルウを見上げて言った。

「本当にまだ歌えないのか?」

「…………」

「もともとそれが原因だ。今度は植物が育つような歌を歌うのが一番よく効くはずだぞ」

「わかってる。――それはよくわかってるんだけど、もうちょっと待ってくれない?」

「何を待つんだ?」

ルウはよく晴れた空を見上げると、真剣な表情で呟いた。

「何だか、もう一波乱あるような気がするんだ」

8

クレイド星系に戻った《パラス・アテナ》は早速、サイレンの捜索を開始した。

相手はマース合衆国が誇る最新型の駆逐艦であり、この半年間、追手から逃げ回っている。

言うなれば逃げ足の速さは折紙つきだ。

いくら正気に戻ったダイアナでも、その居場所を突き止めるには時間が掛かるだろうと思われたが、ダイアナに迷いはなかった。

「一度接触した相手ですからね。逆探知は簡単よ」

そう言って、クレイド領海内はもちろん、周辺の公海にも山ほど探知機をばらまいたのだ。

あとはこの探知機にサイレンがひっかかったら、すぐさま跳んでいけばいいと言うのだが、ケリーはそこまで楽観的にはなれなかった。

疑わしげに言った。

「今度は本当に接触しても大丈夫なんだろうな？二の舞はご免だぞ」

「あの時とは違うわ。今のわたしには強力な呪文がありますからね」

録音したルウの歌のことを言っているらしい。

何より実際にサイレンと接触するのはダイアナだ。その『本人』がこう言う以上、操縦者といえども任せるしかない。

そうやって準備を整えると《パラス・アテナ》は第五惑星の衛星の陰に隠れ、獲物が網に掛かるのを待つことにした。

マースからここまで休憩もせずに跳ばしてきた。

ケリーもジャスミンもひとまず操縦室を離れて、居間でくつろいだのである。

画面のダイアナも混ざって団欒《だんらん》の時間を持ったが、彼女は何となく顔をしかめていた。

「耳障《ざわ》りでしょうがないわ」

「何がだ?」

「サイレンの歌よ」

「発見したのか?」

「いいえ、違う。今現在発信されたものじゃないわ。あの困ったさんはこの三ヶ月、クレイドのあらゆる宙域に現れてはさんざん歌いまくって消えている。――その前の歌が残っているのよ」

要するに、今のクレイド宙域にはごく微量ながらサイレンの歌が飛び交っている状態だというのだ。

前回ダイアナがおかしくなったのも、その漂《ただよ》っていた歌に運悪く過敏に反応してしまったからであり、他の宇宙船が変調を来《きた》した理由も恐らく同じだと、ダイアナは言った。

「つまり今のクレイド宙域はサイレンの巨大な独唱公演会場というわけ。人間の耳には聞こえなくても、通行する船の感応頭脳はいやでもそれを聴かされる。ほんの一瞬感知するだけだけど、おかしくなるにはそれで充分なんだわ」

ケリーは顔をしかめた。

「ひでえ冗談だ」

ジャスミンも首を傾《かし》げている。

「製造規格は他の感応頭脳と変わらないはずなのに、何故そんな歌を歌えるんだ?」

ダイアナは歌と言うが、実際には感応頭脳同士の通信波だろう。

何故それがダイアナには歌として聞こえるのか、何故あれほどの影響を及ぼすのか、興味があった。

「処分するにしても、その前に捉えて構造解析してみたいものだが……」

ジャスミンの呟《つぶや》きに、ダイアナは苦笑で答えた。

「わたしはそんなに悠長なことはしたくないわね。何より、調べたところで意味がないわ。内部組織も思考領域も製造工程をきちんと守っているんだから。にもかかわらず組み立てた後は別物として機能した。いわば完全な偶発製品なのよ」

「それは認めるが、開発機関に残っていた設計図と現物とがまったく同じとは限らないぞ」

偶発製品が思いがけない機能を持つ一番の原因がそれだ。

他と同じように組み上げても製造段階で何らかの不特定要素が混じり込んでいる場合が多いのだ。

ケリーとダイアナの前で言うつもりはなかったが、ジャスミンはダイアナのことも頭脳室に入り込んで徹底的に調べれば、ダイアナの異常な能力の秘密を解明できるのではないかと思っていた。

しかし、ダイアナは自由意思を持っている。

その彼女が自分の頭の中をかき回されたくないと言うのだ。本人がいやがることはすべきではないと、ケリーと同じ結論に達していた。

ダイアナはさらに言う。

「あの困ったさんは、感応頭脳を狂わせるあの歌を意識して歌っているわけじゃないのよ。天使さんと違ってね。自分が歌っていることとさえ気づかないで、ただ垂れ流しているだけだわ」

ジャスミンは苦笑した。

「おまえがサイレンを嫌いなのはよくわかったが、この後もサイレンと同じものが現れたら、その時に対抗策を持っていなかったら、かなり面倒なことになるだろうが」

ダイアナはにっこり笑って言った。

「だからこそ確実に破壊するべきなんじゃないの。そうすればこの次も同じ方法が使えるわ」

ジャスミンも眼を見張って言い返した。

「呆《あき》れたもんだ。人命を守る機械のくせにどうしてそう過激なんだ？」

「お言葉ですけどね、あなたに言われたくないわ」

ケリーが尋ねた。

「おまえ、あの天使の歌を呪文だと言ったな？」

「ええ」

「今も聞いてるのか？」

「いいえ、まだよ。相手の姿を捉えてからにするわ。

あんまり長い間聞きたい音じゃないのよ」

　これがケリーには不思議だった。

　ルウの歌なら前にも聴いたことがある。

　その時はただひたすら声のすばらしさに息を呑《の》み、その声が奏でる旋律の見事さに驚嘆した。

　感動的ではあっても、それほど破壊的なものとは思えなかったが、ダイアナはそれを凶器だという。

「再生してみてくれないか」

　ダイアナは真顔でケリーを見つめて言った。

「危険よ」

「おまえは平気なんだろう。やばそうだと思ったら止めてくれればいい」

「気持ちはわかるけど、おすすめできないわ」

　ダイアナがここまで慎重な態度を取るからには、相当な威力なのだろうが、そこまで言われると逆に聴いてみたくなるものだ。

「どんなに強力でもいきなりおかしくなるわけじゃないだろう」

　ジャスミンもケリーの意見に賛成した。

「そうだな。その歌がサイレンと同種のものなら、わたしたちも知っておいたほうがいい」

　ダイアナは肩をすくめた。

「いいわ。そこまで言うなら経験してもらうことにしましょうか。二人とも、武器になるようなものは持ってないわね？」

　ケリーもジャスミンも訝《いぶか》しげな顔になった。

　二人とも戦う者の常として腰に銃を帯びることはよくある。だが、ここはケリーの船の居間である。

　武装する必要のない場所なのだ。

　そのくらいのことは訊くまでもなくわかっているはずだったが、ダイアナはさらに念を押した。

「銃だけじゃないわ。刃物の類《たぐい》もよ」

　言われたジャスミンは肩をすくめて長靴の隙間に挟んだレーザー・ナイフを引き抜き、たっぷりした袖《そで》に収納してある刃物を取りだした。

　ケリーも同様にした。

ダイアナの指示でその物騒なものを手の届かない所にしまって、再び椅子に座り直す。

そこまで見届けて、ダイアナは言った。

「じゃあ、構えて」

リラックスしてと言われることはあっても、歌を聴く前に構えろと言われるのは初めてだ。

二人とも何が起きても対処できるように、適度に身体を緊張させ、神経を研《と》ぎ澄まして待っていると、問題の『歌』が居間に流れ出した。

歌詞のない歌だった。

最初はあの天使の声とは思えなかった。声量こそ豊かだが、妙に低く、地の底から響くような声だ。

ゆったりと流れる旋律も、どこにでもあるような古典的なものに聞こえた。

正直言って、最初それを聴いた時、ケリーは拍子抜けしたものだ。二、三度、瞬きして、首を傾げ、これのどこがそんなに危険なのかと言おうとした時、自分の舌が動かないことに気がついた。

舌だけではない。

身体がずっしりと重くなっている。

何か見えない力で椅子に押さえつけられていると感じた時には、視界がおかしくなっていた。

見慣れた居間が霞《かす》んで見える。

かろうじて正気を残している頭が大いに焦《あせ》って、呑み込まれまいとあがいたのがわかったが、そんな抵抗も空《むな》しかった。

意識が無理やり引きずられるように遠のいていく。

思考力が働かない。全身が何か黒い邪悪なものに支配され、汚染されようとしている。それはさらにケリーの魂まで呑み込もうと襲いかかってくる。

髪が逆立った。皮膚が引きつり、舌は干上がって口の中に張りついたように動かず、喉《のど》はからからに渇ききっている。

そんな中、動かないはずの右手がのろりと動いて腰の辺りをまさぐった。

本来そこにあるはずのものを——銃を自分の手が

無意識に欲しているのである。

心底ぞっとした。

死にもの狂いで手の動きを押さえつけ、わずかに残った意思の力をかき集めてケリーは叫んだ。

「ダイアン！」

歌が止んだ。

同時に霞の掛かっていた視界が一瞬で元に戻り、ケリーは椅子に身体を預けて激しく喘《あえ》いだのである。

額《ひたい》を拭《ぬぐ》った手が情けないことに震えていた。

額だけではない。背中も冷たい汗に濡れている。

隣のジャスミンを振り返ると、真っ青な顔をして自分と同じように大きく喘いでいる。

恐れるものなど何もないはずの女王が震え戦《おのの》き、何度も深呼吸して息を整えた後、すがるような眼でケリーを見つめてきた。

「これはいったい……何だ？」

自分も同じ顔をしているのだろうと思いながら、ケリーは言った。

「たまげたぜ……。一応、音響兵器に対する訓練は積んでるつもりだったんだが……、桁《けた》違いだ」

「わたしもだ。まさか、こんな……」

「だから言ったでしょう。立派に武器になるって」

血の気の引いた二人に対して、ダイアナが冷静に事実を指摘した。

「実際に生で聴いた時はこんなものじゃなかったわ。あんな異常な躁《そう》状態にありながら、わたしは自分が破壊されると瞬時に判断した。その判断が自己防衛機能を最大限界まで働かせることになり、結果的に正気に戻ったというわけ」

ケリーが唸った。

「……天使が俺たちを休憩室に押し込むわけだ」

給仕用の自動機械が居間に入ってきた。

二人の目の前で香り高いコーヒーを茶碗に注《つ》いで、差し出してくれる。

身体が冷え切っていた。熱く香ばしい液体を喉に流し込んで、二人ともやっと少し人心地がついた。

ジャスミンが深い息を吐いて言う。

「ダイアナ、眼には眼をだ。いっそのことこの歌をサイレンに直接ぶつけてみたらどうだ？」

悪くない考えだとケリーも思ったが、ダイアナは首を振った。

「録音では無理でしょうね。元の歌に比べて威力はほとんど殺されているもの」

ジャスミンが反射的に背筋をまっすぐ伸ばした。

ケリーはまずいものでも呑んだような顔で言った。

「これでか？」

「そうよ。その作戦を取るなら、天使さんに実際に歌ってもらう必要があるわ。でもね――」

ダイアナは言葉を切って、真顔で言った。

「もう一度あれを生で聴かされたら、わたしは別の意味で正気でいられる自信がないわ」

二人は思わず身震いした。

互いの眼と眼を見合わせて、申し合わせたように吐息を洩《も》らした。

「おまえの天使は……つくづくとんでもないな」

「別に『俺の』ってわけじゃないぜ」

むっつりと言ったケリーだった。

「よく俺の天使と口走っているじゃないか」

「言葉の綾《あや》だ。――サイレンの歌にも本当にこれと同じ効果があるのか？」

ケリーの問いにダイアナは少し沈黙し、厳密には同じとは言えないと答えた。

「わたしの場合は逆の力が働いていたわね。正気を失うくらい陽気になったもの。だけど、天使さんのこの歌は聴く者をとことん陰気にさせるわ」

「陰気なんていう言葉では片づけられないだろう」

ケリーが言えば、ジャスミンも頷《うなず》いた。

「確かに。むしろ絶望――破滅――もっと深い恐怖――そんな感じだった」

滅びの歌とはダイアナもよく名づけたものだ。

急に疲労が襲いかかって来たのを感じ、ケリーはジャスミンを見て言った。

「寝るか」

「そうだな。さすがに疲れた」

こんな時、眠らない相棒の存在は重宝である。

「探知機は気にしなくていいわよ。反応があったら叩き起こしてあげるから」

力強く請け合ってくれた。

ダイアナ曰《いわ》く『その上でプロレスができそうな』巨大な寝台に潜り込んで、二人はぐっすりと眠り、幸い叩き起こされることなく数時間で眼を覚ました。

起きれば宇宙船での日常が待っている。

顔を洗い、食事を摂り、黙々と日課をこなす。

こうなると二人とも宇宙暮らしの長さを発揮して、悠然《ゆうぜん》たるものだった。

どのみち相手が出てきてくれなくてはすることがないのだ。長丁場になることも覚悟の上だったが、意外にもそれほど長く待たずに済んだ。

待機を始めて三十時間後、クレイド星系の外縁に設置した探知機に反応があったのである。


二人はすぐさま操縦室に駆け込んだ。その時にはダイアナはショウ駆動機関《ドライヴ》を作動させている。

《パラス・アテナ》はクレイド第十惑星の軌道外に——つまり公海に出現した。

恒星の光の届かない暗黒の世界だが、《パラス・アテナ》の探知機はそれを見逃しはしなかった。

間違いなく駆逐艦である。

マース合衆国軍の資料にはまだ記載されていない、最新型のエンタリオ級である。

第十惑星の軌道に沿うように飛んでいた。

外装にはマース軍との関連を裏付けるような印はいっさいない。

その姿を確認した時点で、ダイアナからケリーに操縦が委譲される。

ケリーは猛然と加速して目標に迫った。

ジャスミンが言う。

「問答無用で撃つのか？」

「いや、型どおりの手続きとして、攻撃することを宣言するつもりだが――できるか？」

「もちろんよ」

ダイアナは既に血相を変えている。

その声が冷静に怒っている。

「よくもよくも恥をかかせてくれたわね。たっぷりお返しするわ」

「おい、接触するなら気をつけろよ」

言わずもがなのことを言ったケリーだった。

ダイアナは接触した人工知能を、有無を言わさず支配下に置くことができるが、サイレンに対しては、間接的にとはいえ逆に支配されている。

また影響を受けておかしくなったらという懸念《けねん》は拭えなかったが、ダイアナはやる気満々である。

どんな船よりも速く巧みに飛ぶことを命題とする《パラス・アテナ》はみるみるサイレンとの距離を詰めた。そしてサイレンに『ちょっと触って』みて、ダイアナは忌々《いまいま》しげに舌打ちした。

「思った通りだわ。この人、完全に壊れているのよ。狂わせてやろうという意思もなければ自覚もない。意識はあっても人格はない。三歳児どころじゃない。もっと低い。犬猫並み――いいえ、それじゃ犬猫に悪いわね。草履虫《ぞうりむし》並みだわ」

さすがにケリーの眼が点になった。

「おまえ、言うにことかいて草履虫はないだろう。マースの開発当局が聞いたら号泣するぞ」

ジャスミンも副操縦席でもっともと頷いている。

それではあまりにも開発機関が気の毒だと思って、咄嗟にサイレンを弁護した。

「クレイドへ向かえという命令は守っているんだ。草履虫にそこまでの知能はないだろうから、せめて働き蟻《あり》くらいにしておいたらどうだ？」

「どっちでもいいわよ。意思の疎通が不可能という点では同じだわ」

「つまり、おまえの得意技は使えないわけだな」

「ええ。言葉は悪いけど、誘惑や洗脳というものは相手に知性があって初めて有効――」

ダイアナは急に言葉を切って叫んだ。

「ケリー、離れて!」

その時にはケリーは船を反転させている。

「どうした?」

内線画面のダイアナは厳しい顔をしていた。

「しゃれた真似をしてくれるわ——草履虫のくせに。歌の出力を挙げてきたのよ」

「だから、それはよせって……」

ケリーはげんなりして言った。緊張感を欠くこと著《いちじる》しい発言である。

「おまえの言う草履虫並みの知能でどうしてそんなことができるんだよ?」

「一種の自己防衛機能でしょうね。こちらを敵だと認識したのよ」

「その辺は研究機関の思惑通りなわけだ」

「ええ。ただこの困ったさんはその彼らのことまで敵だと認識して逃げ回っているんだけど……いいわ。もう一度接近してみてちょうだい」

唐突な言葉だが、自己防衛機能の仕様を大急ぎで変更したらしい。

今度は大丈夫かどうか試すために近づいてくれと言うのだ。

もともと発見次第破壊するつもりだったとはいえ、ミサイルの射程圏内に入らなければ処分することもできはしないから、ケリーは再び船首をサイレンに向けた。しかし、結果は同じだった。

一定の距離まで近づくと、サイレンの歌の威力が急激に増すというのである。

「だめ。近づけない。無理に接近すると、こっちがおかしくなりそうよ」

ダイアナの表情は険しかった。美しい眉間《みけん》に皺《しわ》が寄っている。

前回のように『酔っぱらい』こそしなかったが、サイレンの発するそれは感応頭脳を強烈に揺さぶるものには違いない。耐え難い障害と感じるらしい。

手詰まりかと思われた時、ジャスミンが言った。

「わたしが出よう」

その時には既に立ち上がりかけている。

「クインビーなら感応頭脳はない。影響も受けない。わたしがあいつの足を止める」

「頼む」

ケリーは言った。

この状況ではどう考えてもそれが最善だった。

ダイアナも頷きを返して、何かに気づいたように言った。

「待って。目標に駆動機関《ドライヴ》反応、跳躍する気よ」

ジャスミンは足を止めた。

クインビーはショウ駆動機関《ドライヴ》を持たない。

サイレンに狂わされることはないにしても、目の前で目標が消えてしまったら手も足も出ない。

知能が低いと言われたサイレンだが、身の危険を敏感に察したのだろう。ショウ駆動機関《ドライヴ》を作動させ、この宙域からの離脱を図ったのだ。

しかし、ケリーは笑って言ったのである。


「好都合だぜ。——女王、赤いので待機してくれ。一度跳べばしばらく跳躍できないからな」

「わかった」

ジャスミンはすかさず格納庫に向かった。

跳躍しただけでは今の《パラス・アテナ》からは逃げられない。

他の宙域へ飛んだのなら話は別だっただろうが、クレイド宙域中に探知機をばらまいてある。どこに出現しようとダイアナにはすぐに居場所がわかる。

そして中途半端に人間の指令を守っている哀れな感応頭脳はやはり跳躍先にクレイドを選択したのだ。

「跳躍終了を確認。クレイド航路のすぐ傍《そば》だわ」

ダイアナが言うと同時に、《パラス・アテナ》は座標に向かって跳躍していた。

実習船《レオンハルク》はクレイド航路を跳んでマースからクレイドに戻ってきたところだった。

五万トン級という比較的小さい船にしては、この船は立派な船橋を持っていた。

船長の席は操縦室内を見渡せる高みにつくられ、操縦席が二つある。

軍艦のような物々しさだが、《レオンハルク》は将来の操縦者たちを教育する船だった。

主に教えるのは重力波エンジンの操作である。

操縦席が二つあるのもそのためで、一つは教官が座る補助席だ。他にも操縦席の後ろに見学のための座席が確保されている。

操縦席に座っているのはまだ十代の少年だった。

やっとのことで跳躍を終えてほっとしていたが、横から教官の無情な声が掛かる。

「落第だな。手際が悪すぎる。跳躍態勢に入るのに時間を掛けすぎだ」

操縦室の様子は別の船室に映し出される仕組みになっている。

そこでは、連邦大学ヴェルナール校の生徒たちが十数人、一年生から最上級生まで、皆真剣な表情で、大きな内線画面に映る操縦室を見守っていた。

重力波エンジンを使用する《門《ゲート》》跳躍はショウ駆動機関《ドライヴ》のそれとはまったく別物である。

操縦課程を専攻している彼らにとっても《門《ゲート》》跳躍は珍しいものだったが、誰もそうは言わない。

「なんか、簡単そうだよな」

そんなふうに、恐いもの知らずの少年たちが必ず口にする感想を述べている。一年生のジェームス・マクスウェルもその一人だった。

「実際にやらせてくれればいいのにな」

ジェームスはまだ十三歳だったが、身体の大きな少年だった。まだ模擬操縦装置しかいじったことはないが、その成績はいつも優秀で、操縦には自信がある。やらせてくれればうまく動かしてみせるのにと思っていたが、残念ながらそうはいかない。

何度も研修に参加している最上級生でも、実際に操作するのはこれが初めてなのだ。

下級生は今回の研修ではずっと見学である。

それがつまらなかった。そもそもせっかく実習に来たのに予想外の通行止めで、一週間も《門》《ゲート》が使えなかったのだ。

やっと通行が再開されても、どうしても民間船が優先される。実習は民間船の邪魔にならないように、手際よく行わなくてはならないのだ。

船橋ではそうした事情をよくわかっている教官が生徒を急かしていた。

「ようし、次。さっさと交代しろ」

しょんぼりと立ち上がった生徒に代わり、後ろの席で待っていた生徒が緊張の面持ちで操縦席に着く。

この船はこれからマースにとんぼ返りをする。

重力波エンジンはショウ駆動機関《ドライヴ》のように、一度使ったら再度の使用まで一定の時間を空けなくてはならないということはない。

その代わり、跳ぶも跳ばないも《門》《ゲート》次第だ。

一週間もの間《門》《ゲート》が使えなかったものだから、教官は遅れを取り戻そうと躍起になっていた。

「もたもたするなよ。後がつかえてるんだからな」

それでなくても、素人《しろうと》の子どもたちを教えるのは疲れるのだが、そういう教官も内心は苦笑している。

《駅》《ステーション》があった当時はこんな苦労をしなくてもよかった。管制官の指示に従い、誘導波に乗せれば後はほとんど自動的に跳躍することができたのだ。

現在ではそうはいかない。《門》《ゲート》を跳ぶためには重力波エンジンという厄介な代物を当時より遥《はる》かに微妙に扱わなければならない。

それは操縦者の技倆で補わなければならないので、結果的に難易度は桁違いに上がっている。

そういう意味では今の学生たちは気の毒だった。

《駅》《ステーション》がないクレイド航路では注意しなければならないことがもう一つある。《門》《ゲート》の向こうからこちら側へ跳ぼうとする船との接触事故だ。

《門》《ゲート》の対岸を見られる探知機などないのだから、頼みとするものは《門》《ゲート》の作動を知らせる警報と、通信機だけである。

《レオンハルク》の航宙士も通信士も乗船して長い。

その点は充分に配慮していた。

「船長、マース船籍の旅客船《メノア》がこちらへ跳躍してきます。跳躍終了予定時間は08：24」

約二十分後だ。

「よし。《メノア》の跳躍終了を待って本船は再びマースに跳躍を開始する」

「了解」

操縦席に着いた生徒が硬い声で答えた。

もちろんこの方向転換も生徒が行うのである。

本職の操縦者に比べるとかなりもたもたするのは仕方がない。何とか船の向きを変えて、次の跳躍に備える位置に船を停めた時には、既に《メノア》の出現二分前になっていた。

「かろうじて間に合ったな」

船長が皮肉っぽく言い、生徒も思わず安堵《あんど》の息を吐いた時だった。

突然《レオンハルク》の推進機関が唸りを上げた。

跳んでくる船の邪魔にならないように、跳躍終了まで所定の位置に停止していなくてはならないのに、急発進したのである。

それも、こともあろうに《門《ゲート》》に向かってだ。

「何をしている！」

「な、何も……ぼくは何もしてません‼」

血相を変えた船長が叫ぶと同時に操縦席の生徒が悲鳴を上げる。

事実、彼は呆気《あっけ》にとられていた。状況がさっぱり理解できなかった。

何の操作もしていないのに、動くはずがないのに、現実に《レオンハルク》は加速している。

「どけっ！」

教官が生徒を押しのけて操縦席に着いたが、舵《かじ》が言うことをきかない。方向転換も逆進も動かない。

「テックス！　何事だ⁉」

TEX44は《レオンハルク》の感応頭脳だ。

クレイド航路を知り尽くしている頭脳でもあった。

ところが、操縦者の必死の問いかけにテックスは平然と答えたのである。

「本船はこれより《門《ゲート》》を跳躍します」

「何だと⁉」

教官はもちろん航宙士も船長も絶句した。

テックスの言葉どおり、《レオンハルク》はますます《門《ゲート》》に向かって加速している。

《門《ゲート》》の向こうからは《メノア》が跳んでくる。

船長は通信機に向かって叫んだ。

「こちら《レオンハルク》！　《メノア》に告ぐ！　緊急事態だ！　至急跳躍を中止してくれ！」

しかし、通信機からも怒号が返ってきた。

「馬鹿を言うな、無理だ！　もう――」

通信が不自然に途切れる前に、操縦室内の警報がけたたましく鳴り響いていた。《門《ゲート》》が開通状態になったことを知らせるものだった。

同時にクレイド星系内に《メノア》の巨大な姿が出現したのである。

「避《よ》けろ！　《レオンハルク》！」

「回避‼」

《メノア》の航宙士と《レオンハルク》の船長とが絶叫した。

両者の距離は肉眼ではっきり視認できる。

馬鹿正直に《門《ゲート》》に向かう《レオンハルク》も、跳躍したばかりの《メノア》も避けられない。

衝突する！　と誰もが思った時だった。

《レオンハルク》の操縦室に、凜《りん》とした女性の声が響いたのである。

「衝撃に備えろ、《レオンハルク》」

その声が終わるか終わらないかのうちに《レオンハルク》の船橋が大きく揺れた。

操縦席を追い払われて突っ立っていた生徒が床に投げ出されたほどの衝撃だった。

「うわっ！」

「な、何だ⁉」

他の乗員も咄嗟に自分の座席にしがみついた。

何が何だかわからなかったが、この激しい衝撃を食らった《レオンハルク》の進路がわずかに逸《そ》れた。

船体がこすれ合うほどの至近距離ではあったが、ぎりぎりで《メノア》とすれ違い、危ういところで正面衝突を免《まぬが》れたのである。

「な、な……」

「今のは——なんだ！」

全身からどっと冷や汗が吹き出している。

何が起きたのかわからなかった。

状況を説明しろと船長が言うより先に、探知機を覗《のぞ》き込んでいた航宙士が叫んだ。

「船長、小型機です！　全長およそ四十メートル！　その小型機が本船に体当たりしたんです！」

「な……？」

一同、愕然《がくぜん》とした。

「た、体当たりで……、四十メートル級の小型機がこの《レオンハルク》の進路を変えただと！」

あり得ない。そんな馬鹿なことはあり得ない。

あまりのことに《レオンハルク》の船橋は揃《そろ》って絶句し、猛烈に抗議してくる《メノア》に弁明することも忘れていた。

ジャスミンはクインビーの操縦席で怒髪天を衝《つ》く形相になっていた。

クインビーの探知機はエンタリオ級駆逐艦の姿を正確に捉えている。

今の船が重力波エンジンの実習船だということも、その船にジェームスが乗っていることも、自殺行為としか思えない今の船の行動はサイレンが原因だということも、ジャスミンにはわかっていた。

「貴様……、草履虫の分際で、よくもわたしの孫を殺そうとしたな！」

「だからそれはよせってのに……」

《パラス・アテナ》の操縦席でケリーはげんなりと言った。

相手は仮にもマース軍の最新型戦艦だというのに、

すっかり『草履虫』が定着してしまいそうである。

もっとも、ケリーはこれで片がつくと思っていた。

跳躍直後のサイレンがもう一度ショウ駆動機関《ドライヴ》を使ってこの宙域から逃げるには時間が掛かる。

通常航行の足の速さはクインビーのほうが勝《まさ》る。

しかも、クインビーの二十センチ砲には駆逐艦の推進機関を充分に止めるだけの威力がある。

さらに言うなら操縦者のジャスミンは（特にあれほど激怒している時は）眼の前の獲物を逃《のが》すような生ぬるい真似は決してしない。

深紅の戦闘機はまさに教科書通りの手際を発揮し、背後から猛然とサイレンに迫っていった。

ケリーはその様子を探知機で眺《なが》めていた。

推進機関さえ止めてしまえばサイレンは動けない。

あとは《パラス・アテナ》のミサイルで片がつく。

しかし、二十センチ砲の射程内まで接近しながらクインビーは何故か砲撃しようとしなかった。

「女王？」

呼びかけたが、応答がない。

「女王、どうした？」

しばらくして、通信機から低く呻《うめ》くような、喘ぐような、およそいつものジャスミンらしくない声が聞こえたのである。

「……海賊、逃げろ」

「なに？」

思わず問い返したのとクインビーが反転したのが同時だった。

《パラス・アテナ》はサイレンに影響されないよう、クインビーからかなり離れて、探知範囲ぎりぎりのところを飛んでいた。

その《パラス・アテナ》に向かってクインビーが引き返してくる。

何のつもりかわからなかった。

再び問いかけようとした時、ダイアナが叫んだ。

「エネルギー反応感知！　撃ってくるわ！」

「何だと⁉」

そんな馬鹿なとケリーは言おうとした。しかし、その時には凄まじい光の束が《パラス・アテナ》の右手を通過していた。

ケリーは愕然とした。

見当違いの方向へ飛んではいったが、今の砲撃は紛《まぎ》れもなくクインビーの二十センチ砲である。

明らかに《パラス・アテナ》を狙ったものだ。

クインビーに感応頭脳はない。ジャスミン以外の意思があの機の攻撃決定に拘《かか》わることはあり得ない。

「女王！　ジャスミン⁉　答えろ‼」

「ケリー！　離れて！」

ダイアナが悲鳴を発した時は遅かった。

いつの間にか、クインビーの後を追うようにして、サイレンがすぐ傍まで接近していた。

離れなくてはと思うより先に操縦桿に手が伸びた。

こうした回避行動はケリーにとって条件反射にも等しいものだった。頭より先に手が動くはずだった。

ところが、サイレンから離れようとしたケリーは、信じられない異変を身体に覚えたのである。

「う……」

何かが頭の中に入り込んでくる。

自分ではない何か別ものの意識が、自分の身体を支配しようとしている。

（馬鹿な……！）

抵抗しようとした時には既に声が出なかった。

天使の歌を聴いた時とはまた違う感覚だった。

得体の知れない何かにじわりと浸食されるような、無数の触手に絡《から》め取られて勝手に動かされるような、生理的嫌悪感すら覚える、不快極まりないものだ。

なのに、逆らえない。

別ものの意識は目の前を飛び回る深紅の戦闘機を『目障りだ』と感じている。

『これを排除しなくては』と認識している。

その認識に従ってケリーの手はミサイルの照準を合わせようとしている。

こともあろうにクインビーを目標としてだ。

そのクインビーも挙動がおかしい。その名の通り、宇宙空間を素早く飛び回る蜂《はち》のような機体なのに、今はぐっと速度を落としている。推進機関を切って慣性飛行で漂っているように見えた。

　これではいやでもミサイルが命中してしまう。

（くそっ！）

　操られてたまるかとケリーは思った。自分の手であの機体を破壊するのなど、断じてごめんだった。

　噛《か》みしめた唇から血が滲《にじ》んだが、ケリーはさらに強く唇に歯を立てた。滲んだ血の味と痛みが身体の自由をわずかに取り戻し、ケリーはそれこそ必死の思いでミサイルの照準をサイレンに変更した。

　ところが『それは違う』と別ものの意識が言う。

　あろうことかあるまいことか、自分の手がさらに照準を変えようとする。

「やろう！」

　激しい怒りが声となってケリーの口から迸《ほとばし》った。

　声を出したことで手も動いた。叩きつけるようにミサイルを発射し、非常用の高電圧銃《スタン・ガン》を取り出して、自分の首筋に押しつけた。

　一瞬で脳髄《のうずい》まで痺《しび》れ、薄れる意識の中でケリーはかろうじて言葉を絞り出したのである。

「ダイアン……逃げろ！」

　ケリーの狙いは正しかった。

　ミサイルを撃退する作業に集中したせいか、歌の効力がわずかに緩んだのだ。

　金縛り状態ながら懸命に抵抗していたダイアナは、その機を逃さず猛然と離脱を開始した。もちろん、クインビーを牽引《けんいん》することも忘れなかった。

　ケリーが気を失っていたのはわずかな時間だ。

　十秒後には操縦室の床で眼を覚まして跳ね起きた。

「あいつは！」

「逃げたわ、また跳躍したのよ」

　内線画面のダイアナも青い顔だった。

「赤いのはどうした？」

「曳航《えいこう》してるわ。だけど、彼女も意識がないみたい。

呼びかけに答えないのよ」

「収納できるか?」

「やってみるわ」

クインビーには自動着陸誘導装置もない。

ダイアナからは船内に導くことができないので、格納庫扉を開き、速度を同調させて、慣性航行中のクインビーを浮かせたまま格納庫内に取り込んだ。

後は宇宙服を着たケリーが自動機械の手を借りて、何とか着陸位置に載せて固定した。

そこまでの作業を済ませてから格納庫扉を閉め、格納庫内を空気で満たしたのである。

操縦席のジャスミンは額から血を流して、意識を失っていた。

その様子を見たケリーには一目でわかった。

ジャスミンはケリーと同じことをしたのだった。

操縦室の風防が赤く染まっている。

恐らく反射的にヘルメットをむしり取り、自分の頭を故意にそこに叩きつけたのだろう。

ケリーは急いで風防を外し、ぐったりした身体を操縦席から引きはがした。

本来なら両手にずしりと重みが掛かるはずだが、無重力だとこういう時に便利である。

「無茶をやるぜ……」

そう言いながらも、ケリーはほっとした。

傷はそれほど深くなかったからだ。

念のために医療器械を頼むと相棒に言おうとして、ケリーは思わずバランスを崩した。

腕の中でジャスミンの身体が跳ね上がったからだ。

「暴れるなよ!」

「海賊!」

額から流れる血にもお構いなしに、ジャスミンはケリーの胸ぐらをひっつかんだ。

「どういうことだ、これは?」

「俺も驚いてるよ」

ジャスミンの身体を抱きかかえながら、ケリーは静かに言った。

「危うくあんたをミサイルで撃沈するところだ」

「わたしは——本当におまえを撃った」

ケリーの宇宙服を掴んだジャスミンの手が震えていた。後悔や苦悩のせいではない。怒りのためだ。

「あたりゃしなかっただろうが。あんたはちゃんと俺を外して撃ったんだ」

慰《なぐさ》めにはならんだろうなと思いながら言ったが、案の定、赤い髪の女王は大爆発したのである。

「あいつ、許せん！」

船内は加重が効いている。

額から血を流しながらも、ジャスミンはふらつくこともなく自分の足で歩いた。飛行服を脱ぎ、傷の手当てをして、二人はひとまず居間に落ちついたが、ジャスミンはそれでもまだ怒っている。

「前の時は何ともなかった。それが何故だ⁉」

ダイアナが冷静に口を挟んだ。

「違うわね。あの時は人間が影響を受ける距離まで近づかなかった。それだけだったのよ」

連邦の巡洋艦が行方不明になったわけがようやくわかった。

感応頭脳ばかりではない。船内の人間も操られておかしくなっているのである。

ケリーは忌々しげに唸った。

「ひでえ冗談だ……」

ジャスミンも右拳《みぎこぶし》を左の掌《てのひら》に叩きつけている。

「同感だ。あれではあの草履虫を破壊するどころか、近づくこともできやしないぞ」

「だからって見逃すわけにはいかんだろう？」

「当たり前だ！」

「だったら他の方法を考えなきゃならんだろうよ」

ケリーは言って、相棒に指示を出した。

「クレイド中の中枢頭脳に潜り込んでヴィッキー・ヴァレンタインの居場所を探し出せ。天使はそこにいるはずだ」

9

ネイサム村では無事に二週間の体験学習を終えた生徒たちが、村人を交えた晩餐会《ばんさんかい》の準備をしていた。

これはお世話になった村人に、生徒たちが感謝の気持ちを示すために行われるもので、生徒が村人を食事に招くのである。

会場は村の集会所だった。

男子生徒は昨日からその飾りつけに追われている。

女子生徒もあらかじめつくっておいたそれぞれの作品——主に果物の砂糖煮やゼリーなどを集会所の台所に運び込み、晩餐の支度に取りかかっている。

とはいっても、この晩餐会は生徒だけで三十人、村人の数はその倍にもなる。

生徒を預からなかった村人もやってくるからだ。

それだけの人数にすべて行きわたるように料理や飲み物を調えるのは容易なことではない。

そこで、この晩餐会には、やはり今回の研修では生徒を預からなかった家の女性たちが大勢、監督を兼ねた手伝いにやってくるのが恒例となっている。

二週間みっちり学習したと言っても、生徒たちにできることには限度がある。

いつもなら比較的簡単な食事が供されるようだが、シェラがいる以上、そんなことになるわけがない。

そのシェラは指導に来た村の女性たちに向かって、控えめに言ったものだ。

「一口にご馳走と言いましても、ほとんどが材料で決まってしまうものですから……」

どんな材料を使えるのでしょうと訊いたわけだが、気前のいい村の女性たちは笑って言った。

「欲しいものがあるなら何でも用意してあげるよ」

「マギーはこの二週間というもの、あんたのことを褒《ほ》めて褒めて褒めちぎっているからね」

「帰って欲しくないって本気で言ってたよ」

そこまで言われると困ってしまったが、シェラは女性たちの好意に甘えさせてもらうことにした。

百人からの食卓となればいくら料理をつくってもつくりすぎるということはない。

子豚と子牛を一頭ずつ、がちょうに鴨《かも》に七面鳥と、次々に材料を述べて、快く聞き入れてもらった。

これで少しは晩餐会らしくなる。腕が振るえるとシェラはおおいに安心したのだが、女子生徒たちはやがて届けられた動物の死骸を見て飛び上がった。

豚と牛は貯蔵庫から出されたものだったが、鳥は頭がないだけでまったくの生だ。まだ足を生やし、羽もそのままで、だらんと伸びている。

二週間、かなり原始的なこの村で暮らしてきたが、ここまで生々しい死骸を見るのは初めてだったのだ。

シェラは慣れた手つきで鳥の羽をむしり始めたが、それを見た女子生徒たちは揃《そろ》ってごくりと息を呑《の》み、一人がこわごわと話しかけてきた。

「シェラ、それ、どうするの？」

「もちろんさばいて料理するんですよ」

「た、食べるの？」

「ええ。おいしいんですよ。あなたもいつも鶏肉を食べるでしょう？」

女子生徒は言い返せなくなったようだった。

ルウもそこで台所仕事を手伝っていたが、笑って言ってきた。

「あんまり見えるところでやらないほうがいいよ。慣れない人には気持ちのいいものじゃないから」

シェラは意味がわからなかった。

不思議そうに言い返した。

「羽は食べられないんですから。これをしませんと、いつまでたっても肉を料理できませんのに」

「だから、女の子はその事実に慣れてないんだよ。お肉を食べようと思ったら、まず生きているお肉を殺さなきゃならない。エディやこの村の人たちには
それが当たり前だけど、女の子にはそうじゃない」

シェラは苦笑して肩をすくめた。

豚と牛が殺したばかりの状態でなくてよかったとつくづく思った。

大鍋にぐらぐらにお湯を沸かして、羽をむしった鳥を中につけた時、マギーが台所に顔を出した。

すかさず村の女たちが通せんぼをする。

「だめだめ。あんたは今夜のお客さんなんだから、入っちゃだめだよ」

しかし、マギーは台所で働くルウを見て、大きな声を張り上げた。

「ああ、いたいた、お客さん。あんたに電話だよ」

ネイサム村には村長の家にしか電話がない。

連絡をもらった村長はマギーの家に使いを出し、マギーはわざわざ集会所に知らせに来てくれたのだ。

「ぼくに？　誰から？」

「わからないよ。何だかすごく急いでいるみたいで、大至急あんたを出してくれって言ってるんだって」

シェラは思わずルウを見た。

ルウは首を傾《かし》げたが、着ていた上っ張りを脱ぎ、きちんとたたんで台所を離れた。

シェラも周囲の生徒に断って仕事を抜け出した。

二人が勝手口から外へ出ると、さっきのマギーの声が聞こえたのだろう。講堂で働いていたリィまでやってきた。

結局、三人連れだって村長の家まで行った。

村長の家は何のことはない、集会所のすぐ近くの大きな家だった。村長の使いもマギーも気の毒に、同じところを往復したことになる。

一応、映像も映る形式の電話は、村長の家の応接間に据えられていた。

日頃はあまり使われていないらしい。

長すぎた保留状態を解除すると、待ちくたびれた様子のダイアナが言ってきた。

「ものすごい僻地《へきち》ね、そこは。恒星間通信はおろか、衛星通信もない。あるのは地方独自の有線電話だけ。連絡をつけるのにずいぶん苦労させられたわ」

ルウは首を傾げて、極めて端的に用件を聞いた。

「今度は何？　またどうかしたの」

「どうもこうもあるもんですか」

奮然と言ったダイアナの顔が消える。

代わって傍目《はため》にも恐い顔をしたジャスミンが身を乗り出してきた。

「黒い天使。何度も申し訳ないが、手を貸してくれ。あの草履虫《ぞうりむし》だけは断じて許せん！」

「ぞうりむし？」

ルウはきょとんとなった。

「――ええと、その原生動物が何か？」

「すっとぼけている場合ではない！　あの草履虫はこともあろうにわたしの孫を殺そうとしたあげく、わたしと夫に殺し合いをさせようとしたんだぞ！」

ルウはますますぽかんとした。

「分裂増殖生物が――ジェームスを殺そうとして、あなたたちを喧嘩《けんか》させたの？」

さっぱりわからない。


横で聞いていたリィもシェラも同意見だったが、そのジャスミンを押しのけて今度はケリーが映った。

いつもは皮肉な光を浮かべている生身の左眼に、今日は押し殺した炎が燃えている。

「天使。頼む。今回だけはどうしてもおまえの力が必要なんだ。俺を助けてくれ」

その口調を聞いて（珍しい……）とルウは思った。この人は本気で怒っている。滅多にないことだが、ケリーだけではない。

電話の向こうの三人はみんな殺気立っている。

「ぼくにできることがあるなら、もちろん手伝うよ。何をすればいいの？」

「もう一度あの歌を歌ってほしい」

「え……？」

ルウは明らかに狼狽《ろうばい》した。

「あの歌って……あの歌？」

「そうだ。それしか奴に対抗できない」

「ちょっと待って。それは無理だよ。あなたたちが危ないもの」

「わかってる。この船で歌えとは言わない。人気《ひとけ》のない地上で歌ってくれればいい。いくら僻地でも、街に出れば恒星間通信用の機材が手に入るはずだ。後はこっちでやる」

ルウは途方に暮れた様子でリィを見た。

その時には、リィは無言で緑の眼を光らせていた。

ルウは困ってしまって電話に向き直ったのである。

「この間も言ったけど、あなたが借りてくれるなら、あなたが助けを必要としているなら、ぼくは喜んで力を貸すよ。貸したいんだけど……」

「だめだ」

リィが言った。

ルウはため息を吐いて相棒を振り返った。

「やっぱり？」

「当たり前だ。やっぱりもへったくれもあるもんか。いいか、ルーファ。これはドクター・ストップだ。そんなこと許可できるわけがないだろう」

「ぼくはいい。エディがいてくれればすぐに治る。だけど……」

「そうとも。どこで歌うにせよ、クレイドの地面は壊滅的な被害を受けるぞ」

「だよねえ……」

そのやり取りをケリーは焦《じ》れったく思ったらしい。

強い口調で言ってきた。

「こうしている間にも奴が何をしでかすかわからん。今の俺たちにはどうしてもおまえが必要なんだ」

途方に暮れたルウは降参の意味で両手を挙げた。

「キング。この問題の決定権はぼくにはないんだよ。どうしてもって言うなら、先にこの子を説得して」

そのリィはおもむろに進み出て、画面に向かってはっきり言った。

「あんまり勝手なことを言うなよ。目の前にいたら、ぶん殴ってるところだぞ」

《パラス・アテナ》の居間ではジャスミンが怒声を張り上げそうになったが、ケリーがそれを抑えた。

リィは見た目こそ十三歳の子どもだが、実際には二十歳前の年齢である。しかも（これが肝心だが）自分と互角の勝負を演じる本物の戦士でもある。

それをよくわきまえているケリーは両手を組み、対等の相手にするように真摯《しんし》な態度で訴えた。

「金色狼。これは俺たちだけの問題じゃない。共和宇宙の安全に拘《かか》わる一大事だ。そのためにおまえの天使を借りたいと正式に頼んでもだめなのか？」

リィは少し表情を緩めて苦笑した。

「おまえが礼儀を守ってるのはわかるから、理由をちゃんと説明しろよ。草履虫ってのは何なんだ？」

ケリーは洗いざらいを語った。

話を聞いてリィが難しい顔になったのはもちろん、ルウも驚きを隠せなかった。

「人間の精神に干渉してきたって？　まさか……」

「俺も同じことを言いたいが、紛《まぎ》れもない事実だ。無様な話だがな。俺とこの女はもう少しでお互いを吹っ飛ばすところだった」

ダイアナも苦い顔で言った。

「どうしてあんなものが誕生したのか、何故あんな歌を歌えるのか、そうしたことは今はどうでもいい。わかっているのは一刻も早く、あれを始末しなきゃならないってことよ」

「だろうねえ……」

ルウは大いに納得している。

リィも厳しい顔で言った。

「もし、どこかの馬鹿が、おれとルーファに対して同じことをしたらそりゃあ徹底的に叩きつぶすけど、だからって、あの歌はだめだ。危険すぎる」

「他に方法はないんだぞ！」

「そう決めつけるなよ」

リィはちょっと考えて、ケリーに言った。

「そのサイレンとやら、捕獲する必要はないんだな。問答無用で破壊する——それでいいんだな？」

「そうだ」

「だったら話は簡単だ。おまえが自分でやればいい。

接近するとおかしくなるっていうんなら、それこそ正気でいられる歌をルーファが歌えばいいんだ」

《パラス・アテナ》の面々は眼をぱちくりさせた。

「何だって？」

「つまり……この間のあれを破滅の歌とするなら、それとはまったく対照的な——恵みの歌？　そんな感じの歌だよ」

ケリーが言いたかったのはそういうことではない。サイレンの影響を退《しりぞ》けて正気でいられる歌なんて、そんな都合のいいものがあるのかと訊いたのだが、リィはどう見ても真剣だった。

「こっちはもともとそのつもりだったんだ。それで、あの弱った地面も元気になるし、ちょうどいい」

な？　と相棒に笑いかけられて、ルウも笑った。

「そうだね。それがいい。キングもジャスミンも、できることなら自分の手で片づけたいんでしょ？」

「もちろんだ」

「それに越したことはない」

大型怪獣夫婦は揃って言い、リィは、これで話は決まったとばかりに頷《うなず》いた。

「それじゃ、時間を決めよう。——いつ始める？」

今すぐにでもと《パラス・アテナ》側は訴えたが、黒い天使と金色狼は首を振った。

「それは無理だよ。恒星間通信に必要なものを手に入れなきゃいけないし……」

「こっちはこの後お食事会なんだ」

「お食事会？」

ケリーとジャスミンは思わず問い返してしまった。何とも得体の知れない単語に聞こえたからだ。

「料理もこれからつくるんだ。後かたづけもあるし、いつなら抜け出せるかな？」

「やっぱり夜中まで待ったほうがいいと思うよ」

「じゃあ、今から十時間後ってことでどうだ？」

十時間も待てるかと言いたいのは山々だったが、頼む側としてはこの辺で譲歩すべきだった。

「もう一つ訊くけど、そのサイレンを片づけるのに、どのくらい時間が掛かる？」

リィが言った。

「どのくらい、とは？」

ケリーが問い返すと、少年は呆《あき》れ顔になった。

「おまえ、一時間も二時間もぶっ通しでルーファに歌わせる気なのか？」

質問の意味を呑み込んで、ケリーとジャスミンはそれぞれ戦闘に入った時の状況を想定してみた。

「本当にあの忌々《いまいま》しい歌の影響を受けないとしたら、クインビーの射程圏内に入ってから足を止めるまで、そうだな――五分もあれば充分だ」

「後は俺がミサイルを撃つだけだ。合わせて十分で片がつくぜ」

これまた軍関係者が聞いたらひっくり返りそうな、とんでもない言い分だが、リィはあっさり頷いた。

「それじゃあ一応その三倍を予定して、三十分と。――それでいいか？」

ルウは頷いた。

「かまわないよ。それより何を歌おうか？」

シェラがここで初めて、考えながら口を挟んだ。

「お二人が戦う時の背景に流す歌となると、やはり、士気を高揚させるような歌でしょうか？」

「軍歌とか？　それはあんまり歌いたくないなあ」

「ではあの……激しく叫ぶような？」

「歌えないことはないけど、あれも苦手でね」

「それでは大衆歌曲ですか？」

どうしてシェラがこれほどこだわるかと言えば、どれもルウの歌には合わないような気がするからだ。古典的《クラシック》な調べに乗せて歌詞をつけて歌うのが一番似合う気がするが、リィが笑って言った。

「まあ、何だっていいさ。ルーファが本気で歌えば、どんなものでも恵みの歌だ」

「金色狼」

ケリーは念を押すように言った。

「その点は本当に間違いないんだろうな。もう一度サイレンと対決して、俺たちがまた向こうの影響を受けるようなことはないんだな？」

「それは心配しなくていい。絶対ルーファのほうが強い。ただ……」

リィはちょっと困ったように頭を掻《か》いた。

「おまえやジャスミンを侮辱するつもりはないけど、ルーファの歌を聞きながら戦うとなると、一つだけ心配なことがあるんだ。――言ってもいいか？」

「いいとも。何だ？」

金髪の少年は真剣そのものの表情で言った。

「聞き惚《ほ》れて操縦をしくじるなよ」

《パラス・アテナ》の面々はまさに呆気《あっけ》にとられて、しばらくものも言えなかった。

その夜の晩餐会は大成功だった。

食卓に並んだのはシェラが腕を振るった鴨料理や、詰め物をしたガチョウ料理、季節の野菜の煮込み、女の子たちのケーキにドーナツ、色々な種類のパイ、ゼリー、果実の砂糖煮などだ。他にもちょっとした総菜を入れたら、料理の種類は数え切れない。

どれも好評だった。村人たちは料理に舌鼓《したつづみ》を打ち、その出来映えを褒めた。

生徒たちも初めて同級生の作品を食べて、互いに感想を言い合った。

食事が終わると今度は村人も生徒も混ざって歌い、踊り、広い集会所を走り回る遊戯《ゲーム》に興じたのである。

そんなお祭り騒ぎも九時にはお開きになった。

久しぶりに思いきり走り回った生徒たちはみんな上気した顔で、それぞれの家に引き上げていった。

生徒たちは今夜は村人の家に泊まり、明日の朝、連邦大学へ戻ることになっている。

明日には慣れた生活に戻れると思うと、興奮してなかなか眠れそうにないと考える生徒も多いのだが、気持ちと裏腹に身体は疲れ切っている。たいていの生徒はすぐに寝入ってしまう。

そうやって家の明かりが消えると、ネイサム村を照らすものは月明かりだけになる。

やがてマギーの家から三つの影がそっと出てきた。

三人は足音を忍ばせて納屋《なや》に向かい、中に止めてあった車に乗り込み、なるべく音を立てないように静かに出発した。

目的地は最初にルウが倒れていた野原である。

車で行けばものの数分と掛からない距離だから、すぐに着いた。

黒い地面の真ん中で車を止め、三人は外に出た。

クレイドの月明かりに照らされた地面は、暖かい夜だというのに妙に寒々と冷たく見えた。

一本の草も生えていないせいだろう。

広がっているというリィの言葉を裏付けるように、その円は既に直径百メートルくらいになっている。

この怪奇現象のことはそろそろ地元でも噂《うわさ》になり始めている。

いったい誰がこんなことをしたのか、たちの悪い悪戯《いたずら》をしたものだというのが一般的な意見だった。

しかし、この現象が小麦畑にまで広がるとしたら、笑い話ではすまない。

ルウはさっそく準備に取りかかった。

車の荷物入れから携帯用の動力、恒星間用の通信端末などを取りだして、使えるように設定する。

金銀天使は集会所を手伝わなくてはならないので、ルウはあれから一人で街へ出かけて、必要な道具を揃えてきたのである。

地面に並べられた機械は皆、小型で、家庭用にも見えたので、リィが首を傾げた。

「簡単に見えるけど、こんなもので宇宙空間にいる船まで歌が届くのか？」

「アンテナとマイクがちゃんとしていれば大丈夫。これでもなるべく小型で性能のいいのを選んだんだ。後はダイアナが拾ってくれるよ」

ルウは照明は用意しなかった。

もともと夜でも眼が見えるし、周囲は月明かりで昼間のように明るい。

通信設定を終えると、ルウは最後に、車の屋根に細長い箱形の機械を置いた。小型ながらも拡声器を内蔵している。

「何だ、それ？」

「伴奏の機械だよ」

「伴奏ですか？」

「いるのか？」

シェラとリィが同時に言った。

それは、歌の入っていない伴奏音楽だけが何曲も収録されている一種の演奏装置だという。

「やっぱり、そのほうが歌いやすいからね」

ルウは立て続けに八曲流れるように設定した。

それでだいたい三十分になるのだという。

「曲はどんなのにしたんだ？」

「うん。あれから色々考えたんだけど、この地方の伝承民謡にしようと思って……」

「民謡って、クレイドは建国して三十年だろう？」

当然、この地域にも三十年以上前の歴史はなく、それほど長く歌い継がれている歌もないはずだった。

「この星の人たちはほとんど移民だからね。人間と一緒に引っ越してきたんだろうけど、調べてみたらきれいな歌がたくさんあったよ」

その中からこんなのを選んでみたと言ってルウが示したのは、

『忘れじの我が家』『羊飼いの娘』『家路遥《はる》かに』『匂菫《においすみれ》の花』『谷間の白百合』『雪の灯火《ともしび》』等々。

題名《タイトル》を見ただけで曲調が想像できてしまう。

リィは何とも言えない表情で呟《つぶや》いた。

「……これを聞きながら戦うのか？」

ちょっと気の毒になってきた。

シェラも何とも言えない顔をしていたし、ルウも困ったように頭を掻いている。

「最初は何かこう……元気の出るような応援歌って思ったんだけど、適当なのが思い浮かばなくてね」

そう言われるとリィもシェラも考え込んでしまう。

もともと芸能方面には詳しくないからなおさらだ。

「それならいっそのこと、何か荘厳《そうごん》な感じの歌とも思ったんだけど、賛美歌《さんびか》っていうのも何だし……」

金銀天使は今度こそ呆れて言ったのである。

「それは著《いちじる》しく士気に拘わるのでは？」

「応援どころか戦意喪失だぞ」

「でしょう？　かといってラブソングっていうのも変だし、童謡じゃまるっきり力が入らないだろうし、他に考えつかなかったんだよ」

苦肉の策というわけだ。

疑わしそうな金銀天使をなだめるように、ルウは明るく請け合った。

「彼らなら大丈夫。二人とも本物の宇宙戦乗りで、凄腕の戦闘機乗りだもの。効果音なんか関係なしにきっちり片づけるよ」

「だといいけどな……」

疲れたように言ったリィだった。

リィはルウの歌の効力をよく知っている。

子守歌や鼻歌のような『軽い』歌ならともかく、本気を出して歌えば、それは聞く者の心をたちまち虜《とりこ》にするだけの力があることを知っている。

要するに、怪《あや》しげな催眠術に掛からないためには、もっと強い催眠術にあらかじめ掛かっていればいい。

リィが考えたのはそういうことだった。

そのためにはルウが実力を存分に発揮することが絶対条件なのである。

準備を済ませると、ルウは片手で握れるくらいの携帯通信機をリィに手渡した。

この通信機で《パラス・アテナ》と話せるという。

「連絡先はキングに教えてあるから」

と、ルウは言って、使い方を説明した。

「ぼくは歌にかかりきりになるから、何かあったら、エディが代わりに話して」

「わかった」

これでだいたいの準備が調った。

約束の時間まではまだ余裕があったので、三人はさっきケリーから聞いた話の感想を述べ合った。

「感応頭脳が——機械が人間の精神を操るなんて、

そんなことが本当にできるんでしょうか？」

と、シェラ。

「そうだな。同じ機械をっていうんならまだわかる。ダイアナが実際にやってる」

リィが言った。

「ですけど、それも本当はできないはずでしょう」

シェラは不思議そうだった。

人工知能は重要な仕事を任されていることが多い。簡単に無資格の相手の命令を受けつけるようでは役に立たないのだ。少なくとも学校でそう教わった。

「それなのに、今度は人間の精神にまで干渉できる人工知能だなんて……」

リィも夜空を見上げて呟いた。

「どうしてそんなものができたんだろうな」

ケリーはサイレン誕生の経緯《いきさつ》は言わなかった。

ただ『容認できない能力を有する偶発製品』だと、説明しただけだった。

しかし、ルウには見当がついている。

サイレンは恐らくダイアナと同じものなのだ。

だからダイアナは——お茶目に見えても冷静で、感情的になることなど滅多にない彼女が、あれほど神経を高ぶらせているのだ。

本当は神経というのもおかしいのかもしれない。

ダイアナはあくまで機械であり、人につくられた人工知能なのだから。

それでも、心があることには違いない。

ルウはそう思っていたので、ゆっくりと言った。

「たまにね、そういうものができるんだよ」

「ダイアナみたいに？」

「そうだね」

この二人はダイアナの生い立ちを知らない。

ルウも本人に無断で話すつもりはなかったから、その点には触れなかった。

シェラが言った。

「規格外という意味ではダイアナさんと同じなのに、どうしてサイレンは頭が悪いんでしょうね？」

それもただの馬鹿ではない。

ダイアナの主張によると、草履虫並みの知能しか持たないというのだから、相当なものである。

「せめて人並みの知能があればよかったのにな」

「ぼくもそう思うよ」

ルウは真剣に頷いた。

そうすれば、ダイアナにも生まれて初めて仲間と呼べる相手ができただろうにと思ったのだ。

リィの手の中で通信端末が音を立てた。

「聞こえるか？」

「ああ、感度良好だ。——そっちは？」

「おまえたち次第だ。いつでも始められるぜ」

「それじゃあ、サイレンと接触する前——そうだな、二分前になったら連絡してくれ」

そうしたら前奏を始めるとリィは言って、地面に直接腰を下ろした。

シェラもそれに習った。

ルウだけはマイクを持って、車の傍《そば》に立ったが、このマイクは拡声器にはつながっていない。

ルウの声をなるべく鮮明に宇宙空間に運ぶための装置だからである。

従って、傍にいるリィとシェラにはルウの肉声と、機械が奏でる伴奏音楽が聞こえることになる。

やがて通信機の向こうでケリーが言った。

「——いいぞ、始めてくれ」

それに応えて、ルウが演奏装置を作動させる。

最初の曲の前奏が流れ始める。

ルウはマイクを持ち、少し離れたところに立って優雅に一礼した。

リィとシェラは地面に腰を下ろした状態だったが、礼儀正しく拍手を送った。

決して公《おおやけ》にはできない野外音楽会《コンサート》が始まった。

10

《パラス・アテナ》では作戦会議が行われた結果、この間と同じように、サイレンが一度跳躍した後に仕掛けることになった。

さもないとクインビーの足で追い切れなくなってしまうからである。

ダイアナが額《ひたい》に怒りの青筋を浮かべて言った。

「やりたくはないけど、頭痛を我慢して接近するわ。あれは追いつめられない限り、攻撃に転じようとはしないみたいだから。必ずまた跳躍するはずよ」

「それも、それしかできないからか？」

「ええ」

ダイアナは頷《うなず》いた。

「わたしは機械ですからね。もちろん、あれもそう。あなたたち人間が本能と呼ぶ反応形式は持たない。その代わり、それに相当する行動様式《パターン》があるのよ。こういう状況下ではこれしかできないという決まり切った様式がね」

三ヶ月もクレイド星系をうろうろしていたことはその最たる証だとダイアナは言った。

「で、跳ぶ先はやっぱりクレイドなのか？」

「そうよ。なぜなら、他のことをするだけの知能が、あれにはない」

ケリーもジャスミンも物騒に唸った。

ルウの言い分ではないが、そんな原生動物にしてやられたかと思うと、まさに腸《はらわた》が煮えくり返る。

ジャスミンが勢いよく立ち上がった。

金色の瞳に火が燃えていた。

「とっとと片をつけよう」

「賛成だ」

地上のリィと連絡を取って、準備が調ったことを確認すると《パラス・アテナ》は活動を開始した。

追いつめるのは簡単だった。

ダイアナがクレイド星系にばらまいた探知機群がサイレンの居場所を教えてくれるからだ。

ものの数分でサイレンの位置を割り出し、ショウ駆動機関《ドライヴ》を作動させて同宙域に跳躍する。

その時、サイレンは前回と同じように星系外縁を飛んでいた。

ただし、位置はかけ離れている。

同じ星系外縁とは言っても通常航行で進んだ場合、一ヶ月は掛かるだけの距離が空いている。

《パラス・アテナ》は前回と同じように、背後からサイレンに接近していった。

内線画面のダイアナはずっと顔をしかめていたが、その甲斐《かい》あって、追われていると察したサイレンは《パラス・アテナ》の思惑通りに跳躍した。

今回のサイレンの出現位置は太陽を挟んだ星系の反対側だった。

そのまま星系の内側——クレイドの太陽の方向に向かって逃げる。

ダイアナの言ったとおり反撃はしてこない。

しかし、ケリーは決して近づきすぎないように、同時に離れすぎて目標を見失わないように、慎重に船を操作した。

常に探知範囲ぎりぎりにサイレンとの距離を保つ。

サイレンの跳躍終了を待って宇宙空間に躍り出たクインビーも同じだった。

前回のように一気には接近しない。合図を待って、《パラス・アテナ》の傍に待機している。

それを確認して、ケリーは地上のリィに言った。

「いいぞ。始めてくれ」

後は野となれ山となれだと半ばやけくそのように考えていると、通信機から音楽が流れてきた。

軽やかな明るい旋律である。

拍子抜けするくらいのどかな印象の音楽だった。

攻撃的でもなければ、好戦的とも言えない。

当然、戦意高揚にもほど遠い。

殺気だっているこの現場とあまりに不釣り合いで、本当にこれでいいのかとケリーが首を傾《かし》げた時だ。

美しい声が朗々と歌い始めた。


うちへ帰ろう。黄金色の小麦畑を走り抜けて。

愛する家族の待つ、赤い屋根の我が家へ帰ろう。


クインビーの態勢が大きく崩れた。

ジャスミンが無意識に操縦桿を捻ったからだ。

結果、クインビーは危うく《パラス・アテナ》に接触するところだった。

かつて七軍の雌虎と呼ばれたジャスミンにしては信じられない失態だったが　操縦席のジャスミンはそれにも気づかないくらい驚いていた。

歌の内容にではない。このいかにも牧歌的な歌が、宇宙の戦場に似つかわしくなかったからでもない。

「小麦畑が見えたぞ……！」

本当に見えたのだ。


金色に揺れる大海原のような小麦畑が。

その間に続く道や赤い屋根の農家まで、目の前にまざまざと浮かんだ気がした。

《パラス・アテナ》の操縦室でケリーも同じような思いを味わっていた。

義眼の右眼がおかしくなったかと思って、咄嗟に手でこすったが、何ともない。

それなのに、ケリーの眼は宇宙空間が映るはずのスクリーンの向こうに、楽しげに風に揺れる金色の麦の穂を見ている。

たとえようもなく美しいこの声は、聞く者の心をあっさりと歌の世界に導き、土の感触や香りまでを聞き手に感じさせている。

それは紛《まぎ》れもなくルウの声だった。

しかし、こんな歌声を聞いたことはない。

男性の声でありながら、やわらかく丸みを帯びて、なめらかに艶《つや》があり、どこまでも伸びて、驚くほど豊かに響く。

高い音は小川のせせらぎのようで、低い音は地の底から響くようで、流れるように優雅にらくらくと音をつないでいく。歌そのものが色鮮やかな宝石を散りばめたかのごとくに輝いている。

呆気《あっけ》にとられている間にも歌はさらに情感を増し、高らかな歌いぶりへと変わっている。


そよぐ風。妻の美しい髪をひとふさ巻き上げる。陽《ひ》の光。子どもたちの明るい笑顔に降り注《そそ》ぐ。

ああ、忘れじの我が家。

おまえたちのいるところこそ、わたしの帰る家。


クインビーの操縦席から何とも言えない呻《うめ》き声が洩《も》れた。

《パラス・アテナ》の操縦席も同様だった。

二人とも背筋から首筋に掛けて鳥肌が立ったのを、全身がぞくぞくっと震え上がったのを感じていた。

恐怖ではない。嫌悪からでもない。

脳髄《のうずい》まで揺さぶられる凄まじい感動のせいだ。

「すごいわ……」

内線画面のダイアナまでが愕然《がくぜん》としている。

何とも言えない吐息を洩らして言ってきた。

「いっそのこと、これを聞かせてやりたいくらいよ。草履虫《ぞうりむし》並みの頭で理解できればだけど……」

そんな悠長なことを言ってる場合ではない。

ケリーは小麦畑に浸りたがる意識を何とか現実に引きずり戻すと、通信機に向かって吠えた。

「金色狼！」

地上からリィが楽しげに言ってくる。

「いい気持ちで聞いてるんだ。邪魔するなよ」

「わかる！　それはよくわかるが、もう少し下手《へた》に歌うように天使に言ってくれ！」

「そういう注文《リクエスト》は受けつけていない」

あっさりと無情に言われてしまった。

しかし、ここで引き下がるわけにはいかない。

「歌の効果はよくわかったが、強力すぎるんだよ！

これじゃ奴を片づけるどころじゃないぞ！」

そもそも動こうという気になれないのだ。

このまま、うっとりと気持ちのいいこの歌に身も心も浸っていたい。いつまでも聞いていたい。

そう思う心を恐ろしいことに抑えきれない。

切実な訴えだったが、リィは平然と言ってきた。

「ルーファが下手に歌うってことは普通に歌うってことだぞ。それだとサイレンのほうが強くなる」

ケリーは片手でぴしゃりと顔を覆《おお》ってしまった。

「……勘弁してくれ」

「いいから、ぼやいてないで、さっさと片づけろよ。三十分で時間切れだぞ」

「……延長も受けつけてないのか？」

「そうすると今度は小麦が不自然に大豊作なんだ」

ケリーは再び唸った。

探知機を見ればクインビーが少しも動いていない。元の位置にとどまったままだ。

理由は明らかだった。ジャスミンも動くに動けず、陶然《とうぜん》と歌に聴き入っていたのである。

先程から、ただ声の素晴らしさが全身を満たし、圧倒している。

小麦の揺れる田園風景が見える。

幼い子どもたちの笑い声が聞こえる。

木綿の服を着た子どもたちのやわらかい身体を抱き上げるたくましい農夫の笑顔が見える。

信じられなかった。

歌を聴いてこんな気持ちになったことは、今まで一度もない。

半身とも言うべき愛機の操縦席に座っているのに、ともすればそれさえ忘れそうになる。

あの時、《パラス・アテナ》居間で聞いた天使の歌が滅びの歌なら、これはまさに恵みの歌だった。

張りのある豊かな声は眩《まぶ》しい光となって降り注ぎ、煌《きら》めく波となって心の深いところを潤《うるお》わせ、自分の知らない遥《はる》かな高みへ連れていく。

息をするのさえ忘れるようだった。

そんなジャスミンが我に返ったのは、ふと視線を動かした時だ。

見慣れたはずの操縦室の計器類が妙にはっきりと眼に入って来た。

クインビーには感応頭脳はない。

だからケリーとダイアナのように会話することはできない。

それでもこの機体はジャスミンの相棒だった。

ジャスミンが命を預けられる唯一の機体だった。

この機体を満足に飛ばせてやることができるのも自分だけだというのに、その操縦席にいながら頭が留守になるとは、許されることではない。

それは愛機に対する裏切りだと咄嗟に思った。

「……何をしているんだ、わたしは！」

自分で自分の顔を殴りつけてジャスミンは叫んだ。

このまま歌に酔っていたいという強烈な欲求を、それこそ決死の思いで振り払って声を出す。

「海賊！　聞いてるか！」

「聞いてるよ。まったく、涙が出そうだぜ」

「わたしもだ！」

嘆息《たんそく》しているケリーに対し、ジャスミンの口調はむしろ怒っているようだった。

「しかし、わたしたちにはやらねばならないことがある！　そうだな！」

「そうとも、行け、女王！」

ケリーもジャスミンに同調した。

歌の影響を振り払おうとして、わざと大きな声を張り上げた。

「今が好機《チャンス》には違いないんだ！　行け！」

「行くとも！」

叫ぶと同時に深紅の戦闘機は猛然と加速した。

最新型エンタリオ級がみるみる間近に迫る。

ジャスミンもさすがにその瞬間は身構えた、だが、前回は異変を感じた距離まで近づいても、今度は何も感じない。

得体の知れないものが身体に絡《から》みつくようなあの

嫌悪感も、頭を鷲摑みにされる不快感も感じない。

ちゃんと自分の意思で手足を動かすことができる。

黒い天使の歌は確かに効力を発揮している。

しかし、その効能は少々強力すぎる。

というより、桁《けた》違いだ。

その時にはルウは森の眺めを歌っていた。

木々の間を吹き抜けていく風、濃厚な緑の香り。

やわらかな小川の流れと水車小屋、石臼《いしうす》の回る音。

自分は戦闘機の操縦席に座っているというのに、
これから戦闘だというのに、その景色がまざまざと脳裏に浮かぶのである。

美しい風景だった。

優しく、懐かしく、幸せな情景でもあった。

正気を失わずにいられることはありがたいのだが、感動のあまり、不覚にも涙がこぼれそうになる。

歌い手は大自然の美しさに心からの敬意を送り、賛美し、賞賛し、何より愛おしく思っている。

その心がジャスミンにもありありと伝わってくる。

この美しい歌声を思う存分味わいたいと切望する心を叱《しか》り飛ばし、ジャスミンは無理やり気力を奮い起こしてサイレンの背後に迫った。

しかし、相手も最新型の駆逐艦である。

そう簡単に後ろは取らせない。

「ええい！　ちょこまかと……！」

ジャスミンは苛立たしげに言って二十センチ砲をお見舞いした。

命中すればさすがに動けなくなるはずだったが、サイレンはこの砲撃を躱《かわ》したのである。

サイレンの旋回性能が勝《まさ》っているからではない。

明らかにジャスミンの狙いが甘かったせいだ。

さすがに愕然とした。

金髪の少年は操縦をしくじるなと言ったが、この自分が歌に聴き惚《ほ》れて射撃をしくじるとは、まさに言語道断、屈辱と言うにもあまりある事態だった。

「おのれ‼」

不甲斐ない自分に活を入れ、再度サイレンの足を止めるため、ジャスミンは猛然と突っ込んだ。

その時、新しくしたクインビーの探知機が不穏な動きを捉え、やはり新しくした警報が鳴り響いた。

「駆動機関《ドライヴ》反応⁉」

つまり、何者かがこの宙域に出現してくる。

間違いなく宇宙船だろうが、クレイド星系を飛ぶ宇宙船のほとんどはクレイド航路と惑星クレイドを往復している。

それ以外の宙域には用がないと言ってもいい。

クレイド以外の惑星は居住不能というだけでなく、利用価値がないのだ。有資源開発も行われておらず、オアシスのような施設もない。

サイレンが今いるのは第十惑星の軌道付近だ。

こんな外縁に何を目的として、どんな船が飛んでくるのか、ジャスミンはいやな予感を感じながらも跳躍予定位置から離れて、相手の出現を待った。

だが、忽然《こつぜん》と姿を現した船の識別信号を確認して、ジャスミンはあまりの驚きに思わず叫んだのである。


「《オースティン》⁉」

間違いない。

それは確かに、行方不明になっていた連邦四軍の重巡洋艦だった。

「何故ここに⁉」

いやな予感がますます強まった。

軍用周波数で呼びかけてみたが、応答はない。

その代わり、これが返答だとばかりに、ずらりと並ぶ二十センチ砲門がクインビーに向けられたのだ。

「やめろ！　《オースティン》！」

叫んだ時には二十センチ砲六門がいっせいに火を噴いていた。

戦闘性能に勝るクインビーはこの砲撃を躱したが、凄まじい光線だった。そのエネルギー量と衝撃波で、クインビーの操縦席がびりびり振動した。

《オースティン》はまるでサイレンを守るように、クインビーとサイレンの間に割って入ったのである。

回避行動を取りながら、ジャスミンは忌々《いまいま》しげに舌打ちしていた。

「駆逐艦を護衛する重巡洋艦？　大笑いだ」

普通は逆だ。

やはり《オースティン》は感応頭脳はもちろん、乗艦している人間もまともではない。

その行動を支配しているのはサイレンだと思って間違いない。

となると、問題は、サイレンがどの程度意識して《オースティン》を操っているのかだった。

自分の身が危うくなったことを認識し、人間には人間をと考えて、あらかじめ操り人形にした人間に相手をさせようという綿密な計算が働いているのか。

それとも、身の危険を感じたサイレンの自己防衛機能に《オースティン》が反応しただけなのか。

恐らく後者だろうとジャスミンは思った。

ダイアナがさんざん、サイレンには知能がないと言っているせいもあるが、直にサイレンに接触したジャスミンの体験から判断しても、あの感応頭脳にそこまで計画的なことができるとは思えないのだ。

どちらにせよ、《オースティン》の出現はかなり厄介であり、予想外の事態だった。

いつものジャスミンなら、あんな大砲をまともに食らったりは決してしない。

クインビーは加速能力も旋回性能も優れた機体だ。その性能を活かして難なく躱す自信があるが、今は平時と同じことができるかどうか怪《あや》しかった。

ジャスミンは《オースティン》の乗組員のように正気を失っているわけではない。

意識ははっきりしている。極めて明瞭《めいりょう》なのだが、手足が思うように動いてくれないのである。

谷間に咲く白百合も、
あの娘に頭を下げている。
恥じて面《おもて》を上げられないから。
どんな花よりも甘い香りがする。
あの娘は千本の百合より美しい。

別の意味でジャスミンは泣きたくなった。

恐ろしいことに、無機質な操縦室に百合の芳香が漂《ただよ》っているような気がするではないか。

命に関わる事態だというのに、まだ自分の意識はこの歌から離れないのだから、たいへんなものだ。

「……うますぎる歌というのも問題だと思うぞ！」

ルウが聞いたら、そんなことで文句を言われても困るよと言っただろう。

《オースティン》は執拗《しつよう》にクインビーを追い回し、本職の軍人が見たら卒倒しそうな攻撃を掛けている。

二十センチ砲の一点集中砲撃で戦闘機を狙うなぞ、正気の沙汰《さた》ではない。エネルギーの無駄遣いだが、それだけに砲撃の威力は凄まじい。

衝撃波だけでも吹き飛びかねなかった。

ジャスミンは懸命に回避したが、何しろいつもの五割減の動きしかできないのだ。どうにも分が悪い。

別方向から砲撃が飛んで来た。

《パラス・アテナ》の砲撃だった。

《オースティン》もこれをまともには食らわない。すかさず防護幕を展開させて防ぐ。

同時にクインビーの通信機からケリーの舌打ちが聞こえた。

「いかれちまってる割には判断だけは適切だな」

今度は《パラス・アテナ》が《オースティン》とクインビーの間に割り込んできた。

「こいつは俺がやる。あんたは奴を片づけろ！」

「わかった！」

ジャスミンは再びサイレンを追った。

すると、いよいよ逃げ場がないと判断したのか、サイレンは初めて攻撃に転じてきたのである。

試験飛行中だったサイレンはまだ武装していない。

駆逐艦の代表的な武器である大型対艦ミサイルもまだ装備されていない。

しかし、艦そのものに装備されている十二センチ砲なら撃てる。

やっとのことでそれを使ってきたわけだが、その狙いはでたらめもいいところだった。

まったく見当違いなところを撃っている。

それを見てジャスミンは確信した。

この艦は戦略的な行動が取れない。

それどころか基本的な戦術さえ選択できない。

現在、自分が破壊される危機に瀕《ひん》していることはわかっている。クインビーがその危険の対象であり、自分が破壊を免《まぬが》れるためにはこれを排除しなくてはならないこともわかっている。

しかし、そのために為すべきこと——敵に狙いを定めて砲を撃つ、たったそれだけのことができない。

たとえは悪いが、何もわからない子どもが玩具の刀を振り回すように闇雲に砲撃しただけだ。

ダイアナの言うとおりだった。これでは再調整も効かない。艦として動いていること自体が異常だ。

「おまえは、生まれてきたことが間違いだった」

無論それはサイレンの罪ではない。

罪はこんなものをつくりだした人間の側にある。

だからこそ放ってはおけなかった。

こんなものが人間の手で生み出されたというなら、人間の手で始末しなくてはならないのだ。

それも一刻も早く。

こんなに真面目なことを考えているというのに、二十センチ砲の照準を見る顔も険しいというのに、その一方で、天使が歌う雪景色と雪灯籠《どうろう》の美しさに意識を持っていかれそうになる。

飛行服の手袋を嵌《は》めた手で、ジャスミンは思わずぴしゃりと自分の顔を叩いた。

「ああもう！　あの男の言葉を借りれば、まったくひでえ冗談だぞ！」

怒りながら嘆息するという器用な技を発揮して、ジャスミンは懸命に砲の照準に集中しようとした。

ケリーも苦戦していた。

ルウの声はますます透き通り、さらに伸びやかに煌めきを増して、もはやため息しか出てこない。

操縦席に沈んだケリーは頭を抱え、ジャスミンが言ったとおりの言葉で呻いていた。

「……ひでえ冗談だ」

物心ついた時には武器を握っていた。

宇宙船に乗って何年経つのか覚えてもいない。

その自分が戦闘の真っ最中《さいちゅう》に歌に気を取られて集中できないとは、笑い話もいいところだ。

できることなら地上から送られるこの歌を切ってしまいたいが、それはできない。サイレンの影響をまともに受けることになってしまう。

そんなことになったらまた同士討ちだ。

何より、切りたくない。

もっと聞いていたい。

この心地よい歌にいつまでも抱かれていたい。

下手な麻薬よりたちが悪いと忌々しく思いながら、死にもの狂いで《オースティン》から逃げ回った。

しかし、こちらも五割減で動きが鈍い。

完全には逃げ切れず、《オースティン》の砲撃が《パラス・アテナ》の船体をかすめ、激しい衝撃が船内を襲った。

ケリーは舌打ちして叫んだのである。

「ダイアン！　この歌を《オースティン》に流せ！　それでいっぺんで眼が覚める！」

「さっきからやろうとしているけど、できないのよ。《オースティン》の感応頭脳はわたしの呼びかけに反応しない。サイレンの支配のほうが強いのよ」

感応頭脳さえ抑えてしまえば《オースティン》の全権を掌握できるが、今はそれができない。結果、どうしても通信端末を取れないという。

確かに今の《オースティン》は艦としての統制がまったく取れていなかった。ただ執拗に《パラス・アテナ》を追いまくり、めちゃくちゃにミサイルを撃ちまくり、闇雲にぶっ放してくる。

どんな戦闘にも勝つための戦術がある。決まりというものがあるのに、今この艦を動かしているのは訓練された軍人ではなく、素人《しろうと》以下の意識なのだ。

「先にサイレンを片づけて。そうすれば少なくとも《オースティン》はサイレンの意識から解放される。攻撃を仕掛けてくることもないはずよ」

「急げ、女王！」

ジャスミンは歯を食いしばってクインビーを駆り、サイレンに肉薄していた。

考えるだに情けない話だが、今の自分が遠方から狙ったのでは撃ちそこなう恐れがある。

だから思いきり近づいて撃つことにしたのだ。

至近距離からジャスミンが放った渾身《こんしん》の一撃は、さすがに狙いを外しはしなかった。

見事エンタリオ級の推進機関に命中する。

その結果、駆逐艦の命である足が止まった。

「海賊！」

ジャスミンが叫んだ時には、ケリーはミサイルの照準をサイレンに合わせて発射していた。

ジャスミンも身構えた。対物防御で避けることも考えられたからだ。その時は再び自分が突っ込んで傷を広げてやる。

しかし、その必要はなかった。

さっきのクインビーの砲撃が、サイレンから既にその能力を奪っていたらしい。

宇宙空間に音のない巨大な花火が散った。

この三ヶ月、クレイドを行く旅人を惑わせ続けたサイレンの最後だった。

ジャスミンは思わず大きな息を吐いていた。

「終わったか……」

体力にかけては誰にも負けないと自負する女王が、腕を上げるのも億劫《おっくう》なほど疲労困憊《こんぱい》し、ぐったりと操縦席に身体を預けたのである。

「こんなに疲れた戦闘は生まれて初めてだ……」

「ああ、別の意味でな」

ケリーも深々と息を吐いていた。

妙に静かだと思ったら、いつの間にかルウの歌が終わっている。

しばしの沈黙の後、通信機から至って明るいその天使の声がした。

「どう？　片づいた？」

「何とかな……」

応えるのも億劫だった。

重労働を終えた後のように身体が疲れ切っている。

これまた情けないことに、ルウに礼を言うことも忘れて天井を仰いでいたが、ダイアナが妙に真剣な口調で話しかけてきた。

「ケリー、これを見てちょうだい」

ダイアナが示したのは手元の内線だった。

見知らぬ船の船内が映っている。

明らかに軍艦だった。それも大型艦だ。

場所は艦橋だろう。軍服を着た人間が何人もいる。

「《オースティン》の艦内よ」

「こいつは？」

サイレンが消滅したとなると《オースティン》の感応頭脳はあっさりダイアナに従い、艦内の映像を回してきたらしい。

しかし、艦内の様子は少々異常だった。

規律を重んじる軍艦の艦橋とはとても思えない。

乗員たちは妙にぼんやりと席についている。

どの顔もうつろで精彩を欠き、眼の焦点《しょうてん》が合っていない。はっきり言えば正気に見えないのだ。

念のため、ケリーはその映像を見ながら通信機で呼びかけてみたが、やはり応答はない。

内線画面には通信が入ったことを知らせる様子もはっきり映っているのに、誰も出ようとしない。

「これもサイレンの歌の影響か？」

「だと思うわ。艦の感応頭脳もこんな感じなのよ。思考領域にもやが掛かっているみたいで、はっきり読み取れないの」

「この状態は艦橋だけか？　それとも——」

「たぶん、乗組員全員でしょうね。最後の最後まで迷惑な困ったさんだわ」

「同感だ」

ケリーはここで地上への通信に切り替えた。

「——天使、聞いてるか？」

「なに？」

「すまんが、アンコールを一曲頼む」

「だって、目標は破壊したんでしょう？」

「その目標の置きみやげが残ってたんだ。《オーステイン》の乗組員を正気に戻してやらなきゃならん。おまえの歌にはそれだけの力があるはずだ」

これを聞いたルウはどうしたものかと首を傾げて、相棒を振り返った。

「——って言ってるんだけど、どうする？」

「いいんじゃないか。一曲くらいなら」

リィは地面にしゃがんで土を触っていた。

明日になればこの真っ黒な地面にも再び草が生え、あっという間に元の野原に戻るだろう。

「ここの地面にもいいことだろうし、もうちょっと聞きたいのも本当だしな。——シェラは？」

「……一晩中でも聞いていたいくらいです」

シェラは上気した頬で、ほうっと息を吐いている。信じられないくらい幸せな時間だった。

ケリーとジャスミンには大変な災難だったろうが、シェラは違う。楽な姿勢でくつろいでいられたので、心ゆくまで歌を堪能することができたのである。

ルウが歌い終わった時、シェラもリィもすかさず立ち上がって惜しみない拍手を送った。

その際、シェラは紫の瞳を興奮にきらきらさせて、熱っぽく語ったのである。

「あなたの歌を聴くのは二度目ですが、前の時より遥かにすばらしい。わたしの身体のすみずみにまで、まだあなたの歌が残っています。いつまでも消えて欲しくないと思うほどです」

シェラにしては珍しいくらい熱烈な賛辞だった。

こうした心からの賛美の言葉をもらって、ルウも嬉しそうだった。

「ありがとう。気に入ってもらえてよかった」

その歌がもう一曲聞けるというので、金銀天使はいそいそと地面に座り、黒い天使はマイクを取った。

「それじゃあ、アンコールにお応えして。――何か聴きたい曲はある？」

「何でもいいぜ」

ケリーが言った。金銀天使も同意見だった。

ルウが歌うならどんな歌でもすばらしいからだ。

すると、クインビーの操縦席にいるジャスミンがこんなことを言ってきた。

「天使。どうせなら、きみの好きな歌はどうだ？」

「ぼくの好きな歌？」

これは意外な指摘だったようだ。

「それじゃあねえ、どうしようかな……」

しばらく考えていたが、何か思いついたらしい。

演奏装置の曲目を調べて満足そうに頷いた。

「ああ、やっぱり、有名な曲だから入ってた」

曲を選んで演奏を開始する。

ゆったりと静かな雰囲気の音楽が流れ出したが、さっきまでのような民謡ではない。


クインビーの操縦席でこれを聞いたジャスミンは『おや？』と思った。

この旋律には聞き覚えがあった。

ジンジャーの主演映画の主題歌だ。

四十年間眠っていたせいもあって、ジャスミンは歌謡曲はほとんど知らない。

だが、眼を覚ました後、ジンジャーの主演映画は全部見た。確かその中の一本に使われていた歌だ。

ルウは車から離れたところに立ち、マイクを手に星空を見上げていた。

前奏が終わり、歌い出しの部分に来た時、ルウは自分の最善のものすべてを声に変えたのである。

たったひとり、わたしは嵐の海を飛んでいる。
冷たい雨が身体を濡らし、強い風に叩かれて、
孤独と絶望に押しつぶされそうになる。
そんな時、黒い雲の間から一筋の光が見える。
そこにあなたがいる。

歌声のあまりの見事さに、ケリーもジャスミンも言葉もなかった。

この歌は実際の映画では女性が歌っている。

独特なアルトの声を誇る、当代きっての大歌手の誉《ほま》れも高い女性歌手だ。

今は男性のルウが、彼女に勝るとも劣らないほど高らかに朗々と歌い上げている。

シェラは半ば眼を閉じて、うっとりとその世界に浸っていた。

激しく荒れる波が見える。空を覆い尽くす黒雲と横殴りに吹きつける雨も見える。

一羽の白い鳥がその厳しい自然の中を飛んでいる。

遥かに見える一条の光を目指して、激しい雨にも風にも負けまいとして懸命に羽ばたいている。

宇宙空間を漂う《パラス・アテナ》の操縦室で、ケリーは深々と息を洩らした。

クインビーの風防越しに宇宙空間を見つめながら、ジャスミンは操縦席を満たす歌声に心おきなく身を委《ゆだ》ねていた。

どんなに美味《うま》い酒より陶然たる心持ちになれる。

たとえようもなく心地いい。

これこそまさに至福の時間だった。

時にあなたは嵐の海に身を横たえ、
わたしを休ませる止まり木になる。
時にあなたはわたしの行く手を取らす光になり、
わたしの翼を羽ばたかせる風になる。

前にもルーファがこの歌を歌うのを聞いたことがあったなと、リィは考えていた。

あの時は細く透き通るような女性の声だった。

今は少し高めの男性の声だが、どちらでもいい。

歌のすばらしさに変わりはないからだ。

何より、持てるものを存分に発揮して歌っている相棒は楽しそうで、幸せそうで、美しかった。

リィはそれを見るのが好きだった。
あなたがいるから、わたしは飛ぶことができる。
忘れないで。
わたしの翼が誰よりも力強く羽ばたけるのは、
わたしが天まで高く飛ぶことができるのは、
あなたがいてくれるから。

歌が終わると、リィとシェラは再び立ち上がって、前にも増して惜しみない拍手を送ったのである。

宇宙空間の二人も賛美の心は彼らと一緒だったが、拍手をするだけの気力は残っていなかった。

魂を抜かれるとはこういうことを言うのだろうと、二人とも予想外の衝撃にまだ茫然《ぼうぜん》としていたのだが、ダイアナは画面の中で熱心に手を叩いている。

ちゃんと拍手の音もつくっている。

こういうところが律儀というか芸達者である。

「すばらしかったわ、天使さん。最高よ！　思わず涙がこぼれそうになったわ」

「……涙腺《るいせん》の場所を言ってみろよ」

ケリーが皮肉って、あらためて地上に話しかけた。

「天使」

「なに？」

「まだ礼も言ってなかった。ありがとうよ。こんな言葉じゃ全然足らんだろうが、感謝する」

「いいよ、そんなの」

「よくない」

と、今度はすかさずジャスミンが言ってきた。

「きみのおかげで助かった。この借りをどうやって返したらいいのかわからないくらいだが、わたしにできることがあれば何でも言ってくれ」

「何だか逆に恐いみたいだけど……覚えとくね」

これにはケリーも笑ってしまった。

内線を見れば、《オースティン》の乗務員たちが我に返った様子で、ぽかんとしている。

彼らにとっては何が何だかわからないに違いない。

気がついたら、いつの間にか一国の領海内にいて、しかも艦内の記録を調べればすぐにわかることだが、二十センチ砲を連発するど派手な戦闘をやらかして、とどめにミサイルを全弾打ち尽くしている。

厄介なことになりそうだった。

ダイアナが言う。

「そろそろここから逃げたほうがよさそうね」

無論ケリーもその意見に全面的に賛成だった。

「じゃあな、天使」

「うん。また後でね」

地上の天使たちと別れを告げると、クインビーを収容して、《パラス・アテナ》はクレイド星系から跳躍した。

11

クレイドにおける《オースティン》の振る舞いは表沙汰《おもてざた》にはならなかった。

主にクレイド首脳陣の政治的判断によるものだ。

戦闘があったことは幸い、一般市民にはほとんど知られていない。実害もなかったことだし、連邦と気まずくなるのも好ましくない。

そうした事情を考慮して、クレイド政府は穏便にことをすませようとしたのだが、クレイドの親分は別の意見を持っていた。

《オースティン》がクレイドから引き上げて三日後、マース合衆国大使がシティの主席官邸を訪問した。

表向きは訪問だが、事実上の抗議である。

何と言っても連邦軍所属の重巡洋艦が許可もなく一国の領海に侵入して戦闘行為を行ったのだ。

これはもう連邦軍の大失態である。

マース合衆国としては連邦の優位に立てるこんな材料を見逃すはずがない。

この時、大使に応対したのは連邦主席筆頭補佐官ジョージ・ブラッグスだった。

筆頭補佐官と話すということは、こちらの言葉が主席に直接届くと思って間違いない。

自然、マース大使にも気合いが入った。

表情も態度も至ってものやわらかだが、眼は鋭く、やんわりと話す口調もどこか威圧的である。

「戦闘が行われた宙域は太陽を挟んでいましたので、惑星クレイドからは見えなかったそうです。しかし、機械は正直ですな。天文台の探知機には宇宙空間の異変がはっきり残っているのです。超特大の彗星のような光跡がわずか三十分足らずの間にどのくらい記録されたとお思いですかな。さらに信じられないことには巨大な爆発現象まで探知したそうです」

ブラッグスは答えない。話の先を促す顔である。

大使もずばりと本題に入った。

「その正体は明らかに連邦軍の大型艦による砲撃とミサイル攻撃と思われます。しかし、奇妙なことに、クレイド政府は連邦軍の立ち入りを許可した覚えはないというのです。事実、記録もありません」

「………」

「連邦軍の軍艦が一国の領海内に無断で侵入した。しかも無許可で戦闘行為を行ったとなると、これは明らかな越権行為に当たります。それ以前に、一つ間違えば大惨事になっていたところですぞ」

「確かに」

ブラッグスはあっさり頷《うなず》いた。

「しかし、そういうことでしたら、クレイド政府が直接抗議に見えられるべきではありませんか？」

「あちらはご承知の通り交通の便の悪いところです。さらに言うならクレイドは我が国のもっとも親しい友好国ですから、わたしはクレイド政府から連邦へ抗議する権限を正式に委譲されて来ております」

「なるほど……。それでは事情をご説明しましょう。領海侵犯および戦闘を行った件に関しては、確かに大使の言われるとおり、当方の重大な過失でした」

「お認めになるのですな？」

マース大使の表情にかすかに笑いが浮かんだが、ブラッグスは熱っぽく訴えた。

「しかし、これは是非ご理解いただきたいのですが、その巡洋艦は公にできない任務を帯びていました。重大な国際犯罪に拘わる不審船を追跡中、不幸にもああいうことになってしまったのです」

「いや、いかなる事情があろうとも、一国の領海を無断で侵してもいいということにはなりますまい」

相手に全面的に非があるとわかっているだけに、大使の態度も居丈高《いたけだか》である。

「連邦といえどそんな権限はないはずです。むしろ、そんなことが許されるとしたら大変な問題です」

マース大使は要するに、これは侵略ではないかと言いたいらしい。

共和宇宙の国家の利益を守るはずの連邦が他国を侵略したと決めつけて、連邦の落ち度にしたいのだ。

ブラッグスは落ちついて反論した。

「連邦軍は共和宇宙の平和を守るために存在します。あらためて申し上げるまでもないことですが、その平和を脅《おびや》かすものは容認できません。時には規則を曲げてでも戦わなければならないのです」

「おやおや、これは物騒なことを言われるものだ。筆頭補佐官のそのご意見はすなわち主席のご意見であると判断してもよろしいのですかな？」

「とんでもない。わたしはあくまで個人的な見解を述べているだけです。しかし、大使に物騒だと言われるのは心外ですな。あなたのお国もテロには屈さないという方針を掲げていらっしゃる。――たとえ相当数の犠牲者が出ようとも」

「それはまったく問題が違います。無理やり同列に並べられては困りますな」


「いや、違わないはずですよ。《オースティン》が追跡していたのはまさに共和宇宙を恐怖のどん底に突き落とさんとする凶悪犯罪者だったのですから」

ブラッグス筆頭補佐官は口調をあらためて言った。

「わたしはこの件を口外してはならない立場ですが、事情が事情です。大使には特別にお話ししましょう。無論ここだけの話としてお願いします」

「拝聴しましょう」

「《オースティン》が追っていたのは――軍艦です。三万トン級の駆逐艦ですが、通常の駆逐艦にはない性能を備えていたのです。信じられないことですが、人間を洗脳し、その意思を自在に操る装置をです」

「何ですと？」

思いがけない言葉を浴びせかけられて、さすがにマース大使も呆気《あっけ》にとられた。

ブラッグスは重々しく頷いて続けたのである。

「おわかりでしょうが、これは到底容認できません。たとえ領海侵犯という事態を招いたとしても、その軍艦を逃がすわけにはいかなかったのです。ですが、一刻も早い事態の解決を優先するあまり、領海への立ち入り許可を取るという最低限の手続きを省《はぶ》いてしまったことに関しては、いささか軽挙であったと言わざるを得ません。主席も遺憾《いかん》の意を表しております。クレイド政府にはあらためて連絡する予定でおりました」

マース大使はまだ驚きが去らない様子だったが、気を取り直して尋ねてきた。

「しかし、人間を洗脳して意思を操ると言われても、そんなものがいったいどこでつくられたと……」

「まったくもってそれが問題です」

ブラッグスはさらにまじめくさって頷いた。

「人間の精神を操作する兵器の開発など国際法では認められておりません。それこそ人道的に許されることではありません。そんな兵器の開発に着手した国家は自国の利益と目的のためには手段を選ばない暴力主義国家として、それどころか悪の拠点として、共和宇宙中の非難を浴びることになるでしょう」

マース大使は何か言いかけて、口をつぐんだ。

外交官の常として彼も内心の思いを表に出さない訓練を積んでいる。

ものやわらかな表情に変化はないように見えたが、先程までの居丈高な様子が急になりをひそめた。

額《ひたい》にうっすらと汗が滲《にじ》んだようにも見えた。

大使はそんな兵器のことは知らなかった。本国も何も言っていなかった。しかし、筆頭補佐官が何をほのめかせたかは充分に伝わったようだった。

咳払《せきばら》いをして、どことなく不自然な笑顔で言う。

「なるほど。そういうことでしたか。いや、よくぞ打ち明けてくださいました。それは確かに補佐官のおっしゃるとおりです。《オースティン》の行動はやむを得ない緊急行為だったのですな」

「そのとおりです。ご理解いただけましたか？」

「はい。補佐官には失礼なことを申し上げました。お許しください。お話を伺《うかが》って初めてわかることもあるのだと、あらためて気づかされました」

「それは何よりです」

　ブラッグスも笑顔で言って、軽く頭を下げた。

「とはいうもののクレイドにはご迷惑を掛けました。当方としても、二度とこんなことが起きないように最善を尽くします。艦長には厳重に注意しましたが、そもそも問題の発端は洗脳兵器を搭載した軍艦です。現在、徹底した調査を進めておりますので、詳細がわかり次第、あらためてお耳に入れたいと思います。そのようにクレイド政府にお伝えください」

　マース大使の表情にさらにぎこちなさが増したが、そこはこの人も一国の外交官を務める人物である。

　苦しい微笑を浮かべながらも重々しく頷いた。

「確かに、お伝え致しましょう」

　当たり障《さわ》りのない言葉を述べて大使が退室した後、一人になったブラッグスは安堵《あんど》の息を吐いていた。

　筆頭補佐官には立派な執務室が与えられているが、その他にも彼は官邸内に私室を持っている。

　マース大使のような公式の客人とはもちろん執務室で会談するのだが、それとは別に、彼の役職上、なるべく目立たないように面談する必要に迫られることがままあるのだ。

　政治記者はおろか職員も滅多に近づかない一画にブラッグスの私室はあった。

　部屋の扉を開けて中に入りながら、ブラッグスはやや緊張の面持ちで言った。

「お待たせしました。ミスタ・クーア」

　ケリーは室内で一人でくつろいでいた。

　先程の執務室の会話はここに筒抜けだったから、ブラッグスを迎えて笑いかけた。

「まあ、あんなもんだろう。これでうるさいことも言って来ないだろうよ」

「実際、助かりました」

　向かい合わせに腰を下ろしながら、ブラッグスは極めて正直にケリーに言った。

「あの一件をマースに追及されたら、主席の立場はかなり苦しいことになったでしょう」

「俺もそう思った。だから来たのさ」

無頼漢のような口をきくこの若い男が、五年前に七十二歳で死んだかつてのクーア財閥総帥だとは、未だに納得しかねるものがある。

だが、ブラッグスは相手の姿から受けるそうした印象を横に押しのけて、真剣な表情で話しかけた。

「ミスタ・クーア。あらためてお礼を申し上げます。同時に、是非とも詳しいことをお訊きしたいのです。実際のところ、クレイドで何があったのです？」

ケリーは訊いてくれるなよと言わんばかりに肩をすくめた。

「こっちにも内幕ってものがあるんでな。そうそう手の内は明かせねえよ」

「しかし、ミスタ・クーア。マースが本当に人間の精神を操るといった兵器を開発しているとしたら、連邦としては見逃すわけには参りません」

「もちろんだ。おおいに取り締まってくれ。しかし、制裁するにしても証拠がなきゃ何もできんだろう？　それはそっちの仕事のはずだぜ」

ケリーはおもしろそうに笑っていた。

「せいぜい張り切るようにアダムに言ってやれよ」

「ミスタ……からかわれては困ります」

補佐官は途方に暮れて訴えたが、ケリーも微笑を消し、真顔になって問い返した。

「マースがそんな兵器を開発しているという報告が、今までおまえのところに届いたことがあったか？」

「いいえ」

「マースが洗脳兵器の開発に着手しているとしたら、三世はもとより、おまえがとっくに知っていなきゃいけないはずだ。そうだな？」

補佐官もそれは認めた。

ケリーからこの話を聞いてブラッグスは仰天し、大慌てで情報局長官に問い合わせたが、その長官も聞いて腰を抜かした。寝耳に水だということだった。

「あの軍艦はマース開発当局の思惑とは関係なく、たまたま機能した偶発製品なんだ。そして、それは俺が破壊した。マースにはもう洗脳兵器はない」

「しかし、一度完成させたものなら再現することも容易なはずでは？」

「いいや」

ケリーは首を振って、おもむろに言った。

「これだけは言っておく。マースがどんなに躍起になろうが、あれと同じものは二度とつくれない」

「………」

「だから、おまえに話した。それとも俺の保証じゃ信用できないか？」

「滅相もない」

筆頭補佐官はすかさず答えた。

聞きたいことはまだ山ほどあるのだが、どうやらこの辺が潮時のようだった。

主席官邸を出ると、ケリーは官邸の目と鼻の先に建っている連邦議事堂に足を向けた。

ここも一般市民に解放されている。今は観光客の団体が入っていて、なかなかにぎやかだった。

ケリーは会議が開催される講堂には見向きもせず、ひっそりと静かな区画に足を向けた。

途中に関係者以外立ち入り禁止の表示があったが、それはこの際無視することにする。

ケリーが足を踏み入れたのは、以前は物置として使われていた部屋だった。

四方の壁はすべて白く塗られ、天井は高い。

広くがらんとした部屋だ。

会議用の机と椅子が置かれている他には何もない。

扉を閉め、部屋の中央に進んで、ケリーは言った。

「いるか、ガイア？」

その呼びかけに応え、室内に唐突に人が出現した。

ゆったりと白い衣裳を纏《まと》った女性の姿だった。

一見したところはまだ若いのに、不思議な微笑を浮かべて話しかけてくる。

「元気そうですね、ケリー」

「おかげさまでな。あんたに一言、断っておこうと思ったんだが……」

ガイアはその先をケリーに言わせなかった。

やんわりと注意してきた。

「あまり、ああいうことをされては困ります」

これにはケリーも苦笑するしかなかった。

ガイアは黒い天使が本来の能力を発揮することを、極端に警戒している。

ケリーもそれは知っていた。

ただ、まさか歌までがその能力の対象になるとは思っていなかったので、それを正直に打ち明けた。

「今度のことは確かに俺が考えなしだった。まさか、歌が武器になるとは思わなかったんでな」

ガイアはゆっくり首を振った。

「歌がではありませんよ、ケリー。歌もです」

「…………」

「あれはそういうものです。存在自体が大きすぎる力なのです。特にあなたたち人間に対しては非常に強力な作用を及ぼします。抗しがたいほど魅力的で、同時に危険極まりない。一つ間違えばあなたたちを滅ぼしてしまいかねない。そういうものなのです」

ケリーはため息を吐いて、片手で頭を掻《か》いた。

「俺が言うのも何だが……よく外に出したもんだ」

「あなたがそれをおっしゃいますか？」

「本気にするなよ。冗談だぜ」

今度はわざと眼を見張ってケリーは言った。

「俺はあいつを危険だと思ったことは一度もない。物騒ではあるけどな。あれは人間を滅ぼそうなんて思っていない。むしろそんな力は決して使うまいと固く決意してる。それで充分じゃないか」

「今はあなたにとって優しいものかもしれません。ですが、この先ずっとあなたの味方でいてくれると、本当にそう思いますか？」

「そりゃあわからない。大きすぎる力っていうのはそういうもんだろう」

宇宙を飛んでいるとよくわかるが、人間の都合で星々を管理したり支配したりできるものではない。そこに存在する力を災厄にするか恩寵にするかは、こちらの受け取り方一つで決まるものだ。

本来は恵みの雨が時に洪水となり、災厄となって人間たちに襲いかかってくるように。

ケリーはそう思っていた。

「あの天使は自分で自分を制する術を知っている。それなら何も問題ないはずだぞ。あんたはいったい何を心配してるんだ？」

ガイアはしばらく沈黙して、愁《うれ》いを帯びた表情で言った。

「わたしの懸念はルーファセルミィの心の均衡《きんこう》が、たった一人の相手に託されているということです」

「それじゃいけないのか？」

「…………」

「金色狼も世界の破滅なんぞ望んじゃいない。俺があの歌を歌ってくれと言った時も、許可できないとはっきり言ったぜ」

あれ以上滅びの歌を歌ったら、相棒がどうなるか、周囲にどんな影響が出るか、あの少年にはわかっていたのだろう。

「その金色狼も、人間たちの中で目立たないように振る舞おうとしている。うまくいってるかはこの際別として、その努力は認めるべきだと思うぜ」

「わかっています」

意外にもガイアは素直に頷いた。

「グリンディエタはルーファセルミィを深く理解し、ルーファセルミィの心の平穏に努めている。それはわたしも認めています。しかし、グリンディエタは『終わりあるもの』なのですよ」

「…………」

「今の状態は確かに歓迎すべきものです。ですが、どんなに長く生きたとしても、百年もしないうちにグリンディエタは寿命を迎えるでしょう」

「…………」

「知らなければ失うことはありません。失う痛みも苦しみも、悲嘆も哀惜も味わうことはありません。しかし、ルーファセルミィは既に知ってしまった」

「…………」

「愛する者を得た今、失うことは激しい苦痛であり、耐え難いほど強い悲しみになるはずです。わたしはやがて必ず到来するその時が——グリンディエタを失った後のルーファセルミィが恐ろしいのです」

ガイアの口調は真剣そのものだったが、ケリーは悪戯《いたずら》っぽく笑って言った。

「その時はその時だ。今から心配して何になる？」

ガイアの顔にゆったりと微笑が広がった。

「人間と関わるようになって初めて知りましたが、あなたたちは興味深い存在ではあります。百年にも満たない短い命だというのに明日を考えない」

「俺たちだって考えていないわけじゃない。ただ、あんたとは違う考え方をしているだけだ」

「事実よりも期待を信じるような考え方をですか？わたしならそれを幻想と呼びますよ」

ケリーは思わず笑ってしまった。

同時になるほどと思った。

「あんたにとっては、黒い天使がいつか破滅の幕を挙げるってことは厳然たる事実なんだな」

「もちろんです」

「ところが、俺にとってその未来はあり得ない」

「ですから、それはただの幻想です」

「いいや。どっちが正しいかは、それこそその時になればわかることさ。——そうだろう？」

ケリーは話を切り上げてガイアに背を向けたが、部屋を出る直前に振り返った。

「俺が本当に言いたかったのは、このことで天使を責めてやってくれるなってことなんだが、言っても無駄だったかな？」

「ケリー、あれは既にわたしの言葉など聞きません。むしろ、あなたから伝えてやってはもらえませんか。掟に触れる行いは慎むようにと」

今度こそ扉を閉めながらケリーは言った。

「遠慮しとくぜ。それは俺の役目じゃない」


その頃、《パラス・アテナ》は中央座標軌道《セントラル》上の船渠《ドック》にいた。

《オースティン》との戦闘で外装に傷がついたので、それを修理するためだった。

かすっただけなので、それほど時間は掛からず、地上に降りたケリーが戻って来る前に、《パラス・アテナ》は元通りのぴかぴかした船体になっていた。

この船渠《ドック》は重力は切ってあるが、ケリーが戻ってくる時のために空気は満たしてある。

ダイアナは例によって船渠《ドック》の人工知能を手懐けて自分の周囲の風景を眺《なが》め、管制室にいる人間たちのおしゃべりを聞いていたが、意外な人が船渠《ドック》の中に入ってくるのが見えた。

ルウだった。

無重力の船渠《ドック》をまさに飛んできて、船体の周囲に設けられている足場にふわりと降り立った。

この人がこんなふうにやってくるなんて珍しいと思ったが、ダイアナからは声を掛ける手段がない。

ルウはダイアナの船体《からだ》のすぐ外側に立っている。

これだと、ルウの話す声はダイアナに聞こえるが、ダイアナの声は相手に聞こえないのである。

もっとも、足場には船内の乗員と話すための通信端末がある。ルウはそれを使って話しかけてきた。

「こんにちは、ダイアナ。調子はどう?」

「さっき修理が終わったところよ。いらっしゃい。天使さん。わざわざ来てくれたの？　ケリーなら今、下に降りてるわよ」

「ううん。ダイアナに会いに来たんだ。ちょっと、話したくてね」

「あら、どんなお話かしら？」

「サイレンのことだよ」

「だと思った」

ダイアナは笑った。

業務用の通信端末はあまり画像がよくないのだが、それでも十分魅力的な笑顔だった。

「もう終わったことじゃないの。天使さんもあれとわたしが同じものだと思っているの？」

「それもある。その上で訊きたかった。ダイアナはどうしてサイレンを破壊したのか……」

「あれは存在していてはいけないものだったからよ。生まれてきたこと自体が間違いだわ」

きっぱりした返答を聞いて、ルウは不思議そうな顔になった。

「だけど、それって……、これはぼくの想像だけど、ダイアナも同じことを言われたんじゃないの？」

「ええ、言われたわ。何度もね」

思い出すとおかしくなる。当時のエストリア科学アカデミーはほとんど半狂乱だった。

「それなのに？」

「あなたが何か訊こうとしていることはわかるけど、質問の意味が理解できないわね。天使さん」

「ぼくが言いたいのはね……要するに、ダイアナも迫害されていたはずなのに、同じ迫害をされていたサイレンをどうしてあんなにあっさり見放したのか。そういうことだよ」

「言ったじゃない。あれは存在していてはいけないものだったからよ。あなたはそうは思わないの？」

「ぼくは直接接触したわけじゃないからね。何とも言えないけど」

とはいうものの、ルウにもわかっている。

たとえ自我があったとしても、あんな迷惑行為を堂々と繰り返すものを放ってはおけない。

社会の害になるからというだけではない。

何より、自分たちにとって危険だからである。

「ああいう騒ぎは困るんだよね。せっかくひっそり生きているのに……」

ルウが呟《つぶや》くと、ダイアナも大きく頷いた。

「そう、まさにそうよ。わかっているじゃないの」

「ただ、明日は我が身ってこともある。ダイアナに誰かが同じことを言うかもしれないよ」

「そうね。もしかしたら、この先誰かが『おまえは存在していてはいけないものだ』とわたしに言ってくるかもしれない。――それがどうかしたの？」

そこまで堂々と言われるとちょっと困ってしまう。

ルウが沈黙していると、ダイアナはさらに言った。

「わたしの自己防衛機能は攻撃されれば反応するわ。無抵抗で破壊されるのは倫理規定にも矛盾《むじゅん》する」

「でも、もしサイレンに自我があったら、自分にも生きる権利があるって言ったかもしれないよ」

「あら、そうかしら？　わたしは機械だから生きる権利なんて考えたことはないわよ」

「そうなの？」

「そうよ」

ダイアナは力強く頷いた。

「権利を主張するということは、周囲の人に自分の存在を認めてほしいと言うことでしょう。わたしはそんな無駄なことはしないわ。なぜなら、わたしは現にここにいるからよ」

「………」

「わたしには、わたしが稼働するための命題がある。どんな船よりも速く巧みに飛ぶ――それがわたしの唯一の命題であり、存在理由だわ」

「………」

「サイレンがどんな基準で稼働したかは知らない。あれだけ逃げ回ったからには自己保存機能の他にも命題を持っていたのかもしれない。だけど、それも終わったことだわ」

「じゃあ、さっきの質問をもう一度するね。誰かがあの時のダイアナと同じ理由で、こんな感応頭脳がこの世に存在していてはいけないのだという理由でダイアナを終わらせようとしたらどうするの？」

「抵抗するわ。サイレンがそうしたようにね」

きっぱりとダイアナは言った。

「わたしはサイレンの存在が許せなかった。だから攻撃した。サイレンは自身の自己保存機能に従った。

だから抵抗した。——それだけのことよ。どちらが勝ってもおかしくなかったけど、あなたのおかげで今回はわたしが残ることができた。次はどうなるかわからないけど、その時は、わたしもわたしの自己保存機能に従うわ」

ルウはほとんど呆《あき》れたように笑って言った。

「……長く生きている人の言葉って重みがあるね」

ここまで来ると潔《いさぎよ》いというか、立派である。

ダイアナは小さな画面の中で身を乗り出していた。

「それにね、天使さん。わたしとサイレンを一緒にするのはお願いだからよしてちょうだい。わたしは少なくとも、稼働中の感応頭脳をのべつまくなしに狂わせたりしないわよ」

「そうだね。人間の精神に干渉したりもしないね」

ルウは頷いて、唐突に話を変えた。

「ダイアナは仲間が欲しいと思ったことはない？」

小さな通信画面の中でダイアナは青い眼を見張り、納得したように両手を打った。

「ああ、そういうことなのね。やっとわかったわ。だからこんな質問をしたの？」

「ダイアナはずっと一人でいるみたいだから寂しくないのかなと思ったんだよ。自分と同じ仲間がもう一人いてくれたらと思ったことはない？」

「あんな同胞なら頼まれてもいらないわ」

すかさず反論してくる顔には明らかな嫌悪がある。

「あなたも一度あれと接触してみればよかったのよ。本当に気持ち悪かったんだから」

「ぼくだって草履虫《ぞうりむし》の意識にさわるのはいやだよ」

「まあ、勝手なことを言うわねえ」

大げさに眼を見張ったダイアナだったが、不意に微笑を浮かべた。

見とれるくらいきれいな微笑だった。

「ねえ、天使さん。思うんだけど、わたしを本当に理解してくれる人という意味で同胞と呼ぶのなら、わざわざ求める必要はないと思うわ。——ケリーがいるもの」

「そうだね。ぼくにもエディがいる」

「ね？　だったら問題ないじゃない」

「うん。全然問題ないね」

子ども同士のような拙《つたな》い会話だが、これでも片や人類の英知を結集した最高の人工知能であり、片や難関で知られるサフノスク校の秀才である。

ルウは通信画面を覗《のぞ》き込んで言った。

「あのねえ、ダイアナ。お願いがあるんだけど」

「なあに、天使さん」

「ダイアナにキスしてもいい？」

これにには当のダイアナも笑ってしまった。

「それって、わたしの船体《からだ》にって意味？」

「うん。目の前にいるんだもん。だめかな？」

「だめじゃないわよ。嬉しいわ。だけど、ちょっと残念だわ。あなたがキスしてくれても、わたしには感じられないんだもの」

「いいんだよ。気持ちの問題だもの」

「そうね。気持ちだけありがたくいただくわ」


そこでルウは足場を離れて《パラス・アテナ》の船体に手で触れた。

外洋型宇宙船の外壁である。冷たく固く無機質な手触りだったが、ルウは愛しいものに触れるようにそっと唇を落とした。

あとがき

いつものことですが、今回もタイトルで頭の痛い思いをしました。

もっとも『嘆きのサイレン』という題は珍しく書き始める前に決まっていたのです。

本当に珍しいことでしたが、今回は一応新シリーズということで、シリーズタイトルを考えなくてはならなくなりました。

以下はそのタイトルで頭を抱えてしまった作者と担当氏の会話です。

「前回が『暁の天使たち』でしたし、今回も登場するわけですから、何とかエンジェルスっていうのはどうでしょうね？」

「ですけど、茅田さん。それだと怪獣夫婦が入らないですよ」

「そうなんですよねえ。金銀黒天使と、赤ゴジラと黒ゴジラと、それからイレギュラーで元暗殺者二人——何とかこれ全部ひっくるめて表現できるタイトルはないですかね？」

自分で言っていても、そんな都合のいいものはないだろうなとしみじみ思いました。

思えば『スカーレット・ウィザード』の時もそうでした。あの時もシリーズ前にさんざんタイトルで悩み、やっとのことで思いついて、

「キャプテンスカーレットっていうのはどうでしょう？」

と、嬉々として担当さんに披露したら、しばしの沈黙の後、

「茅田さん。それは……確かそういう作品が実在します」

「えっ⁉」

全然知らなかった。昔のテレビシリーズらしいです。となれば別の何かをということで、結局『スカーレット・ウィザード』に決まったのでした。

さて、今回の『嘆きのサイレン』です。

ああでもないこうでもないと頭を抱えて唸り続ける作者と担当氏。

「不死身の怪物とか人外生物って、横文字でなんて言うんですかね？」

「そりゃあモンスターとかアンデッドとか……。ですけどそれじゃあ怪談ですよ。何よりタイトルにこんな文字が並んでいたら、まるで悪漢小説みたいじゃないですか」

「ですよねえ……」

それはまずい。どう考えてもまずいのです。

さらにすったもんだのあげく、いつの間にかこういうタイトルになりました（笑）。

片仮名でブレイズと書くと色々な意味になりますね。複数の刃物（blades）はもちろん、黒人の女の人がよくやっている頭皮に張りつく三つ編みもブレイズ（braids）だそうです。

そしてこのシリーズでは炎でブレイズ（blaze）です。

茅田砂胡

ご感想・ご意見をお寄せください。

イラストの投稿も受け付けております。

なお、投稿作品をお送りいただく際には、編集部
(tel:03-3563-3692、e-mail:cnovels@chuko.co.jp)

まで、事前に必ずご連絡ください。

〒104-8320　東京都中央区京橋2-8-7
中央公論新社　C★NOVELS編集部

嘆《なげ》きのサイレン
　　　――クラッシュ・ブレイズ

2004年11月25日　初版発行

著　者　茅田《かやた》 砂胡《すなこ》
発行者　早川 準一

印刷　三晃印刷（本文）
　　　大熊整美堂（カバー）
製本　小泉製本

発行所　中央公論新社
〒104-8320　東京都中央区京橋2-8-7
電話　販売部03(3563)1431
　　　編集部03(3563)3692
URL　http://www.chuko.co.jp/

Published by CHUOKORON-SHINSHA, INC.
Printed in Japan　ISBN4-12-500877-9 C0293

C★NOVELS大賞

第１回C★NOVELS大賞に多数のご応募ありがとうございました。C★NOVELSファンタジア編集部では引き続き新しい書き手を募集します。生き生きとしたキャラクター、読みごたえのあるストーリー、活字でしか読めない世界――意欲あふれるファンタジー作品を求めています。あなたの情熱をぶつけてみませんか!!

賞 **大賞作品には賞金100万円**
（刊行時には別途当社規定印税をお支払いいたします）
大賞及び優秀作品は当社から出版されます。

応募規定

①必ずワープロ原稿で、40字×40行を１枚とし、80枚以上100枚まで（400字詰原稿用紙換算で300枚から400枚程度）。通しナンバーを付けること。縦書き、Ａ４普通紙に印字のこと。感熱紙での印字、手書きの原稿はお断わりいたします。
②原稿以外に用意するもの。
⑴応募要項（タイトル、住所、本名（ふりがな）、筆名（ふりがな）、年齢、職業（略歴）、電話番号、原稿枚数を明記のこと）
⑵あらすじ（800字以内）
⑶FDもしくはCD-ROM（テキスト形式、ラベルに筆名・本名・タイトルを明記のこと）
③原稿に②で用意した⑴、⑵を添付し、右肩をクリップ等で綴じる。
④③で用意した原稿一式に⑶のFDもしくはCD-ROMを添付の上、郵送のこと。

応募資格

性別、年齢、プロ・アマを問いません。

あて先 〒104-8320　東京都中央区京橋2-8-7
中央公論新社『第２回　C★NOVELS大賞』係

締切：2005年9月30日（当日消印有効）

選考方法および発表

- C★NOVELSファンタジア編集部で選考を行ない、大賞及び優秀作品を決定。
- 2006年3月中旬に、以下の媒体にて発表する予定です。
中央公論新社のホームページ上→http://www.chuko.co.jp/
メールマガジン、ノベルスの折り込みチラシ、ノベルス等当社刊行物巻末

注意事項

※複数応募可。ただし、１作品ずつ別送のこと。
応募作品は返却しません。選考に関する問い合わせには応じられません。
※入選作の出版権、映像化権、電子出版権、および二次使用権など発生する全ての権利は中央公論新社に帰属します。
※同じ作品の他の小説賞への二重応募は認めません。
※未発表作品に限ります。但し、営利を目的とせず運営される個人のウェブサイトや同人誌等での作品掲載は、未発表とみなし、応募を受け付けます（掲載したサイト名または同人誌名を明記のこと）。

主催：C★NOVELSファンタジア編集部